ぶっとび同心と大怪盗

奥方はねずみ小僧

聖　龍人

コスミック・時代文庫

この作品はコスミック文庫のために書下ろされました。

目次

第一話　猫に小判

一

本所、両国橋前に鎮座する回向院の木々が色づきはじめると、江戸は秋……。

参拝客のなかには、端切れで作った襟巻きを巻く、どこぞのご隠居らしき姿も見えている。

風とともに、ぽとりとかえでの葉が落ちた。

境内の一角にある、切り株に腰をおろした女がため息をついていた。

となりには誰もいない。

ひとりで、物思いに耽っているらしい。

境内の奥には土俵が見えている。勧進相撲のときに使う土俵だった。

だが、周囲は閑散としていて、例大祭なども開かれていない。参拝者も数人ちらほらと見えるだけである。

女が、もう一度ため息をつこうとしたとき、猫の鳴き声が聞こえた。

女は、声の主を探した。

ぶちの野良猫が一匹、女の前にのそのそとやってきた。

餌にでもありつこうとしたのかもしれない。

「お腹、空いているのね……」

ごめんなさいね、とつぶやき、女は猫を胸に抱いた。

ひと鳴きした猫は、女の胸のなかで目をつむると、寝息を立てはじめた。

「私にも、こうやって安らかな気持ちにさせてくれる人がいたのよ」

猫に語りかけているのか、独り言なのか、判断はつかない。

女は胸に猫を抱いたまま、回向院から通りに出た。

永代橋を渡った風が、女のやつれた頰をかすめた。

翌日、女の死体が、千駄ヶ谷富士の、のぼり口に横たわっていた。

「千駄ヶ谷富士……どうしてそんなところに亡骸が転がっていたんだい」

ここは八丁堀、北町奉行所定町廻り同心の組屋敷内。猫宮冬馬の住まいである。

二十六歳の冬馬には、二十二歳の妻、小春がいるのだが、いま質問を発したのは、その小春の母、夏絵であった。

夏絵は、同心なんぞと一緒に寝泊まりするのはまっぴらごめんと、富沢町のとっくり長屋に住んでいる。

とっくりの由来は、長屋の住人たちがいつも酒ばかり飲んでいて、とっくりが道端に落ちているからと聞いたことがあるが、夏絵も小春も長屋内で捨てられたとっくりなど、ついぞ見たことはない。

おそらく、差配の得吉を呼ぶときに、店子がとっくりさんと呼んでしまった。それがもとで、とっくり長屋などと呼ばれはじめたのだろう。

夏絵はひとり暮らしのため、時間を持てあましている。したがって、暇さえあれば娘の家を訪ね、町方の冬馬を揶揄したり、嘲笑ったりしているのであった。

じつは、夏絵が町方を馬鹿にしたり、憎まれ口をきいたりするのには、いくつかの理由があった。

だいいちに、冬馬があまりにも生真面目だからである。

道を曲がるときには、直角に。

腰からぶらさげている捕物帳の端は、いつもぴしっとそろっている。もともと

奉行所から支給されるものは、端がそろってないのだが、

「こんなのは、だめです」

そういって、帳面の端を小刀で切りそろえているのであった。

さらに、冗談が通じない。

そんな冬馬を見て、夏絵は、ことあるごとにいう。

「あんたは、おかしな男だよ。ぶっとんでるね」

「……そうかもしれませんねぇ」

「それに、どうして誰にでも言葉遣いがていねいなんだい」

「そのほうが楽なのです」

そんなふうだから、夏絵は冬馬を、かっこうのからかい相手としているのだった。

さらに、第二の理由がある。

なにを隠そう、夏絵は世を騒がす盗賊……ねずみ小僧なのであった。

それも二代目で、二年前から一線を引いていた。

そして、三代目を襲名したのが、娘の小春であった。

つまりは、北町の定町廻り同心である猫宮冬馬は、盗人（ぬすっと）を妻にしていたのであ

る。もちろん、小春がそんな盗人一家の生まれなどとは知らないし、夢にも思っていない。

小春親子が隠す裏の正体など知らぬまま、冬馬は三三九度をあげたのであった。

「婿どの、町方の婿どの」

「は……あ、はい」

「なんです、そのすっとぼけた顔つきは。また、小春と出会ったころを思いだしていたんだね」

「え、そんな、まさか」

「あんたが、そうやって鼻の穴をおっぴろげるときは、そうに違いないよ」

「……そんなにぽんぽんいわないでください」

「よくそれで、定町廻りなどできるもんだよ」

「鼻の穴で仕事しているわけではありませんから」

冗談をいったわけではない。本気で答えているのだ。

「…………」

そのへんにしておいてください、という小春の言葉で、冬馬はわれに返った。

「おっと、千駄ヶ谷富士の死体ついて話をしているんだった」

鼻を搔きながら、あわてる冬馬に、小春は問う。

「千駄ヶ谷富士といえば、富士塚ですね」

「鳩森（はとのもり）神社内にある、富士塚ですね」

「鳩森八幡さまだねぇ」

夏絵が、つぶやいた。

「お義母（かあ）さん、なにか思い出でもあるんですか」

「ないね、そんなものは。神仏とかかわる気はないよ」

「そうでしょうねぇ」

「なにがそうなんだい」

「はい、見るからに神仏とは縁がないように見えますから」

「……で、その死体がどうしたんだね」

「はい、じつは……」

冬馬が屋敷の入り口に行き、戸を開くと、にゃぁと声が聞こえた。ぶちの猫が、道端に寝そべっている姿が目に入る。

「なんだい、あれは」

「わかりませんか。猫です」

「そんなことは、わかってるよ」

いきなり夏絵はそわそわしはじめ、

「猫は苦手だよ」

そそくさと、下駄を履いて逃げ帰ってしまった。


不思議そうな目をする冬馬に、小春は笑いながら、

「猫のおかげで厄介払いができましたね」

苦笑する冬馬は、

「あの猫が亡骸のそばにいたのです。現場の検分を済ませたあと、なぜか私にくっついてきまして、私にしっかり探索するようにと睨みつけてきます、どうも見張られているような気がして、しかたありません」

「殺された娘さんが飼っていたのではありませんか」

「私もそう思います。自身番に行ってみれば、そろそろ亡骸の素性が判明しているかもしれません。また出かけないと」

小春は嬉しそうに笑みを浮かべて、

「ではあの猫のためにも、しっかり探索をしてくださいね」

「はい。私に不可能の言葉はありませんから」

もちろん冗談ではない。本気である。

「あらあら」

「なにがあらあら、なのです」

「ふふふ。旦那さまは、おもしろいお方だと申しているのです」

「……そうですか。私はおもしろいのですか」

「一風、変わって見えますけど、私は好きですよ」

「それは嬉しい」

小春が笑みを浮かべていると、外から訪いの声が聞こえた。

やってきたのは、小伝馬町にある長屋の差配、千右衛門だった。若い男が一緒である。着流しに尻端折り、襟のところから十手の柄が見えている。どうやら、岡っ引を連れてきたらしい。

「これは千右衛門さん、いらっしゃい」

小春が迎えに出ると、今日はお願いがあってきた、と千右衛門は頭をさげた。

冬馬は四角い座りかたで、千右衛門と若い男を迎え入れ、ていねいに頭をさげる。

「まだ役目が残ってますので、あまり長くは話せませんが」

千右衛門はあわてながら、

「いえいえ、手短に済ませます。いつもいつも、冬馬さんはごていねいで、痛み入ります」

冬馬は、はい、と答えながら、若い男に目を向けた。

男は少し離れた場所に座り、きょろきょろとしながら、冬馬と小春を交互に見つめている。

千右衛門は、声を落として話しだした。

「じつは、この若い男なんですがね……」

「はあ、見たところ、どこかの親分ですか」

「いえ、そういうわけじゃねえんで。というのも……」

そこで明かされた千右衛門の話に、さすがの冬馬も腰を抜かさんばかりに驚いてしまった。

「なりきり病って、なんなんですか」

「ちょ、ちょっと声を落としてください。本人に聞かれてもおそらく大丈夫ですが、あまりいい気分はしないかもしれません。いまはどこぞの、投げ銭の親分になりきっているようです」

「そんな親分がいるとは、聞いたことがありませんねぇ」

「草双紙を読んだか、宮地芝居でも見てきたのかもしれません」

どうしてそんな病にかかったのかと小春が問うと、千右衛門は眉をひそめて、

「……本当の名などはご勘弁願いますが、このお方は、ある大店の若旦那なのです。子どものころに、歌舞伎役者になりたい、という夢をお持ちになりました。ところがご両親から、そんな下賤な仕事にはつかせない、ときつくいわれ、それからこのように、誰かになりきってしまうのです」

「それは……役になりきっているということですか」

「普段は、そんなことはないのですが、なにかのきっかけで突然、人が変わってしまうのです」

「ううむ」

千右衛門は続ける。

「ご両親はご心配になられて、あちこちの医師にみせたのですが、いっこうに治る気配はありません。それどころか、なりきり病が出る期間が短くなってきました。するとある医師が、思いきって、そのままの生活をさせてみたらどうか、と

勧められたそうです」

「なぜです」

冬馬は、驚きで目が定まらない。

「役になりきろうする気持ちを押さえつけられるから、かえって悪化する。それなら、その役の生活をさせてみよう。なりきり生活に満足したら、病も治るのではないか……まぁ、こういう塩梅なのです」

「あまりいい塩梅とはいえないと思いますがねぇ」

毎日毎日、判で押したように、同心として生真面目に生きている冬馬にしてみれば、共感はおろか想像すらできない。

「それで、冬馬さんに、この若旦那……いえ、親分をしばらくあずかっていただけないかと」

「ええ、私がですか」

「はい、こんなことを頼めるのは、冬馬さんしかおりません。役目の途中であれば、なおけっこうなこと。なにとぞ人助けと思って連れていってください……そうだ、この若旦那のご両親が、ご迷惑をおかけするのだからといって、これを……」

千右衛門は、懐から十両包みを取りだした。

と、

「やりますよ、もちろん、やります」

そう声をあげて答えたのは、冬馬でも小春でもない。

「お母さん、どこから……戻ってきたのですか」

小春の問いを無視し、いつの間にか部屋にあがりこんで、さあっと十両を懐に入れた夏絵は、

「人助けです。婿どの、断ったら地獄行きですよ。舌を抜かれます」

「まさか、そんな……舌は抜かれたくありません」

すると、にじり出て、小春が話をまとめる。

「わかりました。若旦那はたしかにおあずかりいたしましょう。ただし、この金子は、病が本当に消えたらいただくことにいたします。それでいいですよね、旦那さま」

「あ……はい、そうですね、そうしましょう」

小春が夏絵から金子を取り戻し、千右衛門に返そうとすると、

「いえ、この金子は若旦那……いえ、あの……」

千右衛門が若旦那の顔を見つめる。

「私なら、小判の親分とでも呼んでください。略して、こぶん、です」

「こぶんの親分さん……それではややこしすぎますねぇ」

冬馬が困り顔をすると、

「では、こぶんの半次にしましょう」

「半次さんでいいんですね」

「旦那の下で働けるなんて、私は幸せものです」

自家製十手をくるくるとまわしながら、こぶんの半次は目を見開き、おおげさに見得を切った。

二

千右衛門は戻っていったが、半次は残った。

夏絵は、不服そうな顔をしながら、今度は本当に帰ったらしい。

半次は、早く探索に出かけたくてうずうずしているようだ。

冬馬は、半次がどこまでなりきるつもりなのか知りたいと考え、ひとまず千駄ヶ谷の殺しの一件を話した。

「富士塚の前で、女の亡骸が見つかりましてねぇ。のぼり口は人ひとり通れるくらいだから、塚にのぼろうとした者が見つけたのでしょう」

冬馬の話を聴き終えると、半次は考えこみながら、

「死因はなんだったんですかね」

思いだすように冬馬は胸のあたりに指を置き、

「ええと、このあたりを刃物でひと刺しですね。おそらく脇差でしょうが、やくざ者やごろつきなども長脇差をさしていますからね。侍が下手人だと決めつけるわけにはいきません」

「それで、女のそばに、その猫がいたんですね」

「単に飼い猫だっただけかもしれませんが」

「いや、猫はなにかを見ているはずです」

「猫は見ていたとしても話せません」

冬馬はあっさりと否定するが、小春は、化け猫だったら言葉をしゃべるかもしれない、と笑う。

「奥方さまのほうが、ものわかりがよいようです」

半次の軽口に冬馬は鼻白みながらも、文句はいわない。差配からのあずかりものだ、という気持ちがあるからだった。

「ところで、旦那。これからどんな手はずでいきますかい」

いっぱしの御用聞きのような口調で、半次が問う。

「さて、どうしましょうか」

冬馬は首を傾げた。

「旦那。女殺しの裏には、かならず男がいるもんですぜ」

「へぇ、そうなんですね」

「まずは、どんな野郎と付き合っていたのか、そこから調べてはいかがですかねぇ」

「それが探索のいろはかもしれません」

「ところで、奥方さまはできたお方のようですが、よくもまあ、町方に嫁いできましたねぇ」

町方は嫌われ者だから、といいたいのであろう。なんとも失礼な問いである。

だが冬馬はとくに怒ることもせず、ふふふ、と含み笑いをしながら、

「私の並外れたやる気のおかげですよ」

「……やる気」

「この人を妻にするぞ、という一意専心のやる気です」

「へぇ……そのうち、ぜひくわしくお聞きしてぇものです」

「いまでもいいですよ」

話しだそうとする冬馬の胸を、小春がとんと叩いた。

冬馬は咳払いをしつつ、

「う、そんな話より、いまは娘を殺した下手人の割りだしのほうが先ですね」

若旦那は、残念そうな顔をするが、すぐ岡っ引の顔に戻って、

「では、探索に出かけましょう」

冬馬もうなずいて、

「今度、ゆっくり私たちの話をしてあげましょう」

「楽しみにしてますぜ」

こぶんの顔は、小春をじっと見つめていた。

千駄ヶ谷の自身番に行ってみると、さきほど検死のときにいた御用聞きが冬馬のことを待っていてくれた。

いろいろと聞きこみをして、すでに亡骸の素性は判明したらしい。

女はお牧（まき）といい、両国に住んでおり、住まいの長屋をときどき訪ねてくる若い男がいたという。

半次は勢いづいて、御用聞きに男の素性を問う。御用聞きは見慣れぬ顔に怪訝（けげん）そうな表情を浮かべたが、冬馬の新しい手下とでも思ったのだろう。

「へぇ、二十歳くらいだとは思いますがね。名前まではわかりませんが、なかなかの好人物らしいですよ」

どこぞの西国（さいごく）から来た勤番侍だという。

「以前、長屋の連中がお牧に、どこのご家中のお人かと聞いたらしいんですけどね。にやにやしながら、答えなかったという話です。ふたりの仲は、そうとういい感じだったんでしょうねぇ」

下総から江戸に出てきたお牧は、数年前から両国の呉服屋で働いていた。働き者なのだろう。部屋を与えてもいいので、住みこみにならないかとも打診されていたらしい。

「呉服屋のなかには、お牧さんを好いていた男はいなかったのですかねぇ」

何者かに横恋慕され、三角関係による殺しかもしれない、と冬馬は考えたのだった。

だが御用聞きは、首を横に振って、

「申しわけねえです。まだ勤めていた店までは聞きこんでませんや」

店の名を両国の三津屋だと聞くと、半次は、あぁ、とうなずき、

「あの店なら、なかなか堅実な商売をしているところだなぁ」

「……知っているのかい」

「へぇ、ちょっと……」

半次の正体は、どこぞの大店の若旦那だ。半次が三津屋を知っていても、不思議ではない。あるいは三津屋の若旦那本人であろうか。

「その三津屋には、若旦那はいるのでしょうか」

まさかとは思いつつも、念のため、問いかけてみた。

「いますが、ちょっと病弱ですからね。両親は心配でしょうねぇ」

「まさか、誰かになりきる病ではないのですか」

「ふふふ、違いますね」

冬馬のきわどい軽口にも、半次は、笑いながらいなした。いったい、半次の頭のなかでは、おのれの状態をどう整理づけているのだろうか。

自身番を出たふたりは、三津屋に向かう。

千駄ヶ谷から両国までは、気楽に歩ける距離ではない。

「お牧はどうして千駄ヶ谷なんぞにいたのかな」

半次のつぶやきに、冬馬が答える。

「それがわかれば、事件は解決に近づきますが……そういえば、さきほどの話ですが、三津屋の若旦那はなんの病なのですか」

「くわしくは知りませんがね。まあ、身体が弱いと、自分の思いどおりにならねえと癇癪（かんしゃく）を起こすやつはいますから」

「……若旦那が、お牧に横恋慕をしていたと考えているのですか」

「病弱でも、女に懸想（けそう）するでしょうしね」

「そうでしょうねぇ」

半次は、自家製の十手を弄（もてあそ）びながら、

「それに、あの店には若旦那の弟がいるはずです。腹違いということで、家の外で暮らしているようですが、仕事を手伝わせているので、お牧とも顔見知りかもしれません」

「そうなると、いろんな関係が生まれていたかもしれませんね」

そうかもしれねぇ、と半次は十手で空に三角を描いた。

「旦那、そういえば奥方さまとの馴れ初め話が途中でした」

「そんな話をいましろと」

「はい、いまです」

「ふうむ」

思わず額に汗を浮かべてしまう。

半次は、にやにやしながら、

「あいや、やはり、いまはやめておきましょう。まずは、お牧という娘がどうして殺されたのか、そっちの話を優先ということで」

「おぉ、そうだ、そうです」

冬馬は安堵の表情を浮かべつつ、半次を見つめる。

「若旦那の横恋慕の話は置いとくとして、親分には、事件の別な見立てはありますか」

「へぇ、ひとつだけあります」

「それは頼もしい」

「お牧さんには、いい仲の男がいましたね」

「どこぞの勤番侍という話であったが」

「そいつがどこの誰かがわかれば、目星はつくのではないかと思います」

「その心は」

「あっしの見立てでは、女が殺される理由は、男の嫉妬か、女の嫉妬が原因ですから」

「そんなものでしょうかねぇ」

「……旦那、本気で聞いてますかい」

「もちろん聞いてますよ。しかし、その嫉妬する相手がいたのかどうか」

「つまりは、勤番侍がどこのご家中か、そこが判明したら、あとは、転がる石のごとく」

「そうなると、三津屋の若旦那やその弟は、どうなるのですか」

「はぁ。いや、そうなると、三角関係どころか四角関係かもしれねぇ」

冬馬は、そこまで話が進むだろうか、と疑念を抱いたが、いつも世話になっている差配の手前、半次を邪険にするわけにもいかない。

「では半次親分、申しわけありませんが、お牧の周辺を洗ってほしいのです。三津屋については、私が出張りますから」

「おや、そうですかい。では、あっしは、お牧の長屋に行ってみましょう。たしかに、ふたりで手分けしたほうが早く解決するかもしれねぇ」

「頼めますか」

「もちろんでさぁ。あっしがこうやって十手を抱えて江戸の街を歩けるのは、旦那のおかげですからね」

「ふうむ」

冗談でいっている顔つきではない。本気で手札をもらった十手持ちのような口ぶりだった。そこまでなりきることができるのも、ひとつの才だろう。

「じゃ。頼みます」

「へぇ、お牧を丸裸にしてきますから、お待ちくだせぇ」

では、と尻端折りをして、半次は、お牧の住まいのあるほうへと駆けだす。

走り去る半次の後ろ姿は、すぐに消えた。

これでひとりになれた、と冬馬は肩の力を抜いた。

半次は嫌いではないが、探索はひとりのほうがやりやすい。

冬馬は、足を三津屋に向ける。

半次は、色恋関係のもつれでお牧は殺された、と考えているようである。

……そういえば、小春と出会ったときも、似たような関係であったなぁ。

冬馬の頭は、一気にいまから二年前に戻っていた。

そのころ、冬馬は父親の株を引き継いで、北町奉行所に勤めはじめたころであった。

三

二年前の、初夏。

そのころ、父の弦十郎（げんじゅうろう）は病が重篤（じゅうとく）で、町方の仕事がまともにできぬ日が続いていた。そんな状態では町の平穏が保てぬと、弦十郎は引退を決意した。

跡を継いだ冬馬も、当然組屋敷で育ったため、奉行所に出仕しても先輩たちはみな顔見知りである。

したがって、たいした苦労もなく、北町の同心として馴染むことができた。

そんななか、小春と出会ったのは、新人として浅草界隈の見廻りをしていたときであった。

「おや、あんた新米だね」

雷門をくぐって右に五重塔を見たとき、いきなり横から声をかけられた。

「はぁ……あなたは」

眼の前で中年の女が、にやにやしている。お店の内儀にしては少し崩れている
が、といって、荒れた生活をしているとも思えぬ不思議な雰囲気の女だった。

「あの……どちらさまで」

「私かい、夏絵っていうものだよ」

女は、冬馬の顔をじろじろ見つめてから、今度は、身体を上から下まで舐める
ように観察する。

なんだこの女は、と心のなかでつぶやきながらも、冬馬は平静を装う。

「あの……どちらの夏絵さまでしょう」

「富沢町の夏絵ってものだよ。べつに怪しい者ではないよ」

「前に会ったことがありますか」

「ないね。でも、あんたの父親は知ってるよ」

「へぇ、そうだったんですか、なるほど」

「なにがなるほどなんだい」

「いえ、父を知っていると」

「……あんたの父親、弦十郎さんは、いい同心だったけどねぇ。引退したんだってね」

「私が継ぎました」

「あぁ、そうらしいねぇ」

「でも、どうして私が弦十郎の子だとわかったんです」

「それだよ」

夏絵と名乗った女は、冬馬の羽織に染めてある家紋を指差した。

「その隅立て四つ目は、猫宮弦十郎旦那の家紋だからね」

「ははぁ、なるほどなるほど」

「だけど、弦十郎さんも心残りだろうね」

「なにがです」

「ねずみ小僧さ」

「あぁ……」

父がねずみ小僧を追いかけていた話は、奉行所内でも有名である。

何度か縄を打つ寸前まで追いこんだが、寸の間の隙を突かれ、取り逃がしていたという。

おまえはその役目を受け継ぐのだから、がんばれ、と先輩たちに肩を叩かれていたのである。

だが冬馬は、幸か不幸か、まだねずみ小僧とは対峙していない。

「でも、残念だねぇ。もう弦十郎旦那には会えないんだねぇ」

「……父と、深いかかわりでもあったのですか」

「……いいや、ないね」

女は、あっさりと否定する。

冬馬が不審な顔を見せたところで、お母さん、と呼ぶ声が聞こえた。

夏絵が、こっちだよ、と手を振ると、若い娘が境内の奥から近づいてきた。

「また、町方の人をからかっているんですか」

また、ということは、夏絵はいつも同心をからかっているのか。

冬馬は、娘に目を移す。

大柄な花をあしらった小袖の夏絵とは対照的に、娘は江戸黒地に小紋の小袖である。一見、しっとりとした着こなしだが、娘の周囲だけ光があたっているように見えた。

「……あの」

「あ、母が嫌味な言葉をいっていたらすみません」

嫌味なんかいってないよ、と夏絵は膨れるが、娘はその言葉を無視して、

「もし、ご不快になりましたら、謝ります」

「いえ、私の父をご存じだというので、話をしていただけですから。嫌味はいわれていません」

「それならいいのですが」

卵形の顔に、子どものように澄んだ瞳を見せながら笑う。屈託のないその笑顔に、なぜか冬馬の胸が高鳴った。

「あの……」

「あ、すみません、見廻りの途中ですよね。お邪魔しました。これで失礼いたします」

「いえ、あの、名前を」

「……私ですか。小春といいます。今後、お会いになるときがあるかもしれませんね」

腰を折りながら、お見知りおきを、という小春のやわらかな肢体を見て、冬馬は、思わず腰が砕けそうになった。

「会います、かならず会います」

いまいち噛みあわない冬馬の返答にも、気にした素振りを見せず、小春はその場を立ち去ろうとする。

と、思わず冬馬は叫んでいた。

「お待ちください」

……これが禁断の恋のはじまりであった。


小春と出会ったときの気持ちをよみがえらせていた冬馬だったが、三津屋を前にして、ほのぼのとした気持ちを無理やり封じこめた。

訪いを乞うと、手代らしき男が出てきた。

お牧という娘を知っている者に話を聞きたいと告げると、お待ちください、といって、奥に引っこんだ。すぐに恰幅のよい男が出てきて、自分が三津屋歌右衛門だと名のり、奥へと招き入れられた。

「さっそくですが」

ていねいな語り口調で、冬馬は口を開く。

歌右衛門は、千駄ヶ谷で起きた殺しの話は耳にした、と答えた。

「でもまさか、亡くなったのが、うちの奉公人だったとは……」

目を伏せて、かすかに身体を揺する。

だが、冬馬は、歌右衛門の言葉をあまり聞いていなかった。

「あの、すみませんが、その座布団を」

「座布団がいかがいたしました」

「身体の向きとずれています」

怪訝な目をする歌右衛門に、冬馬は、失礼、といって、座布団の角をつまんだ。

おやおや、と苦笑しながら歌右衛門は、座布団を冬馬の正面になるようにずらした。

「これでよろしいでしょうか」

はい、と満足そうにすると冬馬は、お牧とはどんな女でしたか、と問う。

「そうですねぇ、働く態度は真面目でした」

「誰か、いい仲の男がいたということはありましたか」

「女中たちから、江戸勤番のお侍さまとよく会っているようだ、とは聞いたことがありますが、どこのご家中の方かは存じません」

「では、このお店の若旦那が、お牧に惚れていたという噂も耳に入っていますが、本当ですか」

半次の推測を、冬馬は強めて聞いてみた。

「はて、そのような話は、本人から聞いてはいませんねぇ」

果たして、そう答えた歌右衛門の唇が、かすかに震えた。

その瞬間を、冬馬は見逃さずに、

「町方に嘘をついたら、あとで後悔しますよ。それでもよければ、そのまま嘘をつき通してください」

「あ……いや、はい。まぁ、はっきりと本人から告白されたわけではありませんが、なんとなく気がついていました」

なんと、半次の思いこみに近い推測は当たっていたようだ。

「先の明かりが見えない横恋慕をしていたんですね」

態度はていねいだが辛辣な冬馬に、歌右衛門は苦笑する。

「たしかに、圭太郎がいくらお牧に惚れたとしても、先は真っ暗でしょうねぇ。ただ、なんといいましょうか……圭太郎も、そこまで本気ではなかったと思います。あいにくと病弱な身ですから、あまり外の娘さんと接したこともなく、優しく世話を焼かれると、相手のことをつい好いてしまうのでしょう」

若旦那は圭太郎というらしい。たしかにこの段階では、圭太郎が事件にかかわっているのかはわからない。

続けて冬馬は、さらに踏みこんで鎌をかけてみる。

「圭太郎さんには、弟さんがいるそうですが。噂によれば、弟さんのほうもお牧に懸想していたとか」

「竹次郎といいます。しかし、竹次郎がお牧に惚れていたという話は、私も初耳です」

「それは、親としての眼力がないからですか。それとも、竹次郎さんがうまく気持ちを隠していたからでしょうか」

「……さぁ、私の判断ではなんともいえません。使用人たちからも、それらしき噂は入っていません」

だから竹次郎は関係ないだろう、というのだった。

「その判断は私が決めます」

冬馬の言葉を受け、しかたがないという顔を見せた歌右衛門は、黙って頭をさげた。

数日後、お牧殺しの探索はいまだ進展を見せず、冬馬はひとまず自宅に戻って中食をとっていた。

「まぁ、そんなことになっていたんですか」

これまでに得た探索の結果をまとめ、小春に伝えた。

冬馬にとって、これは儀式のようなものだった。そうやって、小春に話をすることで、頭のなかを整理するのである。

「どうも、ひと筋縄ではいきませんね」

思わず冬馬は愚痴をこぼした。

一緒に話を聞いていた夏絵が、にやついている。冬馬が苦労していると知って、喜んでいるらしい。

「そんなんじゃ、一人前の同心とはいえないねぇ」

肩をすくめてから、冬馬は小春を見た。助け舟を出してほしいという顔をすると、その前に夏絵は追い打ちをかける。

「ほらほら、すぐ女房に助けてもらおうなんて、情けない。いつまで経っても、筆頭にはなれないよ」

いつものことだから気にしないで、と小春が冬馬にいおうとしたところで、半

次が飛びこんできた
「半次さん、どうしました。そんなきつい顔をして」

小春が問うと、半次は手製の十手を振りまわしながら、

「ようやく、お牧の相手がわかりました」

勢いこみながら叫んだ。

「それはお手柄でした。お牧と恋仲だったという、例の若い侍ですね」

冬馬も、興奮気味に問う。だが、半次はそこで大きく首を横に振り、

「いや、そっちじゃねぇんで。その若侍もいずれはっきりするでしょうが、まずは別の男の影が浮上したんでさぁ」

「さすが、こぶんの親分。くわしく聞かせてください」

「へぇ。周囲を聞きこみしていると、最近になって若い侍の代わりに、中年の侍がお牧のところへ出入りしていたというんです」

その中年侍は若侍の後釜なのかとも思えたが、普段のお牧の言動からして、そうそう簡単に男を取り替えるような女ではない。だからこそ、みなは不思議に思っていたという。

視点を変えた半次は、中年侍を探すために一計を案じた。長屋の差配に頼んで、

お牧の持ち物を形見分けするつもりだ、と噂を流させたという。

「そのなかに、高価な品物があるといわせたんです」

「どうしてだい」

横から夏絵が怪訝そうに口をはさむと、代わって冬馬が答えた。

「お牧のところに来ていた中年侍を、おびきだすためでしょう。自分が忘れたものではないか、と考えるかもしれない、と半次親分は推量したんですよ」

「さすが、猫宮の旦那。そのとおりです。勿体（もったい）ないから返してもらおうと思うかもしれませんし、もし素性を隠したいのなら、自分の持ち物はぜひとも取り返したいはずですからね」

へぇ、と夏絵は感心顔をするが、

「そんな陳腐（ちんぷ）な策に引っかかるようじゃ、たいした侍じゃないね」

半次は、十手を振りまわしながら笑った。

「たしかに、あっしごときの策にあっさり引っかかったんだから、そうかもしれませんねぇ」

噂を流してから二日後、中年の侍が、形見分けの品を見たい、と長屋の差配の家に顔を出したという。

でも……と小春が聞いた。

「そんな高価そうな品があったんですか」

「いえ、ありません。あっしが用意しました」

「まぁ、それは……」

「はい、あっしが自腹で買った印籠を見せました」

印籠のほかに、象牙の根付も添えて見せたという。

中年侍に素性を問うたが、なにか含むところがあるのか、言葉を濁して明かさなかった。そして印籠と根付を、しばらくじっと睨んでいたが、

「これは、なかなかのものだ」

とつぶやく。

御用聞きがそばにいたら本音は吐かぬだろうと、折衝は差配に任せて、半次はとなりの部屋に隠れている。

「あなたさまのものですか」

差配が問うと、

「……いや、残念ながら私のものではないな」

残念といいつつも、中年侍はどこか安堵しているような声音だった。そのため

か、幾分か口が軽くなった。

「印籠もさることながら、この根付は象牙の透かし彫りだ。富士が遠くに見え、波の上を龍が空にのぼっている。いやはや、見事なもの。かなり高級な代物であろう」

中年侍は、唸りながらそんなふうに答えた。

そこまで目利きができる侍はそうはいない、と半次はいう。

「つまり、高禄を食み、ある程度の身分にいる方だと判断したんです」

たしかに、貧乏侍ではそこまでの眼力は養えないだろう。

中年侍は安堵しつつも、印籠を名残惜しそうに見ながら帰っていったという。

「ところで、そんな高価な印籠と根付を、どこから仕入れたんです」

冬馬が疑問に感じたことを問う。支払いは自分がしたのだろうが、それだけの高級品は、望んだからといってそうそう簡単に手に入るものではない。

「なに、あっしがね、ちょっと知っているところに頼んだんです」

にんまりしたところを見ると、実家に頼んだのかもしれない。両親としても、そのくらいの協力はしてくれるのだろう。

半次はさらに続ける。

差配の家を出た中年侍のあとを、半次はつけていった。中年侍は柳橋から、北に向かったという。

大川沿いを散策しながら水戸屋敷を抜け、三囲(みめぐり)神社と長命寺(ちょうめい)の間にある路地に入っていった。

周辺は畑が続き、須崎(すざき)村と呼ばれるところだった。

畑のなかに百姓家が点在していて、そのなかに、普請(ふしん)したばかりに見える真新しい家が建っていた。

中年侍は、その家に入っていったという。

「戸が開くと、若い女の姿が見えました」

半次は、顔をしかめながらいった。

「裏にまわってみると、ちょうど裏庭を普請中の大工がいましてね。そいつに、さっき入っていった侍を知っているか、と聞いてみたんです。すると声をひそめて、紀州さまのご家中で、炭山藤右衛門(すみやまとうえもん)さまだと教えてくれました……」

紀州は御三家のひとつだ。それだけ大藩の侍が、どうしてこんなところに身を寄せているのか。

「住んでいる女はお茂(しげ)といって、三十歳そこそこといったところでしょうか。藤右衛門自身は、身分をひた隠していますが、お茂がまわりにそれとなく自慢しているようでして。大工もそれで知ったそうです」

「そのお茂さんという方は、藤右衛門のなんです。親類とか」

冬馬が真面目な顔で問うと、

「……旦那、囲い女ですよ」

「ひっ……囲い女ですか」

「まぁ、そこまで驚くほどの話ではありませんけどねぇ」

極端に驚く冬馬に、半次は呆れながら、

「大工がいうには、お茂はそれまで、下谷の矢場で働いていたそうなんですがね。柳橋の長屋に住んでいたところを、藤右衛門がこの家を買い取り、お茂に与えたという話でした」

冬馬は、柳橋……とつぶやいた。

すると、いきなり半次が笑いはじめた。冬馬はむっとして、

「なにがおかしいのです」

「あ、すみません。旦那を笑ったんじゃありません」

「………」

「じつは、もっととんでもねぇ話を、大工から聞きましてねぇ」

「なんですか、その、とんでもねぇ話とは」

小春が、興味津々といった顔つきをする。

「藤右衛門がお牧に、恋文を毎日のごとく出していたらしいんです」

「囲っているお茂さんではなくて、お牧さんに出していたのですか」

「どうです、おもしろい話でしょう」

さらに大工は、お茂がすさまじい剣幕で、藤右衛門に迫っている声を聞いたという。

興味を持った大工は、家のそばまで寄って、耳を澄ます。

そこで聞こえてきた内容がおかしくて、思わず大工は腹を抱えたという。

「喧嘩の原因が、お牧さんへの恋文だったというんですね」

小春は呆れている。

「たしかに、お茂さんは怒るでしょうねぇ。お気をつけてね、旦那さま」

冬馬を見つめながら、小春が笑った。

「ちょっと待ってください。私はそんな不届きなことはしません」

それまで口を閉ざしていた夏絵が大笑いしながら、

「あんたには、それくらいの度胸があったほうがいいんだよ」

「そんな度胸など、いりません」

冬馬はむきになって答えた。

「ご安心ください。旦那さまがそんなことをするとは、これっぽっちも考えていませんから。旦那さまは、そのままがいいのですよ」

小春が夏絵を睨みつけると、わかった、わかった、といいながら、夏絵はその場から立ち去った。

夏絵が消えたせいか、ふぅ、とため息をついて、冬馬は半次に問う。

「それで、お茂の怒りはどうなったんです」

「声だけしか聞こえなかったようですがね。それこそ、あの手この手で、藤右衛門はお茂をなだめていたそうです。百姓も途中で馬鹿馬鹿しくなって、離れたそうでして」

はぁ、と冬馬はため息をつくしかない。

小春が指を頬にあてながら、

「恋文を出していたことが、お茂さんにばれたということは、実際にお牧さんあての文を、見つけられてしまったということですよね」

「まぁ、そうなりますね。藤右衛門としても、妾宅ということで気がゆるんでいたのでしょう。もしかしたら、書き損じをそこらに捨てたのかもしれません」

「恋文ねぇ」

意味深な顔つきで小春がつぶやき、冬馬をちらりと見た。

「旦那さまも、たくさん私に送ってくれましたね」

「……それは、私が口下手だから」

その言葉に、半次が反応する。

「おや、そのころ、猫宮の旦那は口下手だったんですかい。いまは、そこまでとは思えませんけどねぇ。旦那の恋文ですか……どんな内容だったのか、聞いてみてぇものです」

興味津々といった半次に対し、あぁ、と冬馬は天を仰いだ。

その瞬間、またもや初めて出会ったときの過去がよみがえった。

四

「お待ちください」

立ち去ろうとする小春を呼び止めて、冬馬はまわりこんだ。

「おや、まだなにか用事かい」

夏絵が、冬馬を睨みつける。

「あの……」

「なんでしょう」

小春が小首を傾げながら、怪訝な目で見つめる。

……ううう、かわいい……。

思わず、冬馬は口に出しそうになり、唇を結んだ。

「あの、ご用がなければ、ここで」

「はい、いえ、あります、用事があります」

埒が明かないとばかりに、夏絵はさっさと先に進んでいってしまった。

律儀にも小春は、冬馬の言葉を待っている。

「と、と、富沢町には、ときどき見廻りにいきます」

「はい、お役目ご苦労さまです」

「いえそうではなくて、住まいは富沢町のどこに、あの長屋のお名前は、とお聞きしたいと思いまして」

「……すみません、それは御用の筋でございましょうか」

「いえ、あの……そうではないのですが」

「では、お断りいたします」

邪険ないいかたではなかった。笑みを浮かべながらの断りである。その笑顔で、
冬馬は妙な勘違いをした。

「……なるほど、若い娘は、言葉と顔が裏腹だと聞いたことがあります。という
ことは、笑顔が本当の気持ちなのですね」

小春は、冗談をいっているのかと冬馬を見つめるが、どうやら本気らしい。

「いえいえ、違います」

「大丈夫、大丈夫、ご心配なく。ご迷惑はおかけしません」

こんな会話こそ迷惑なのだが、冬馬は小春の気持ちを誤解したままだ。

「そうだ。道中、危険に見舞われたら困ります。私が送りましょう」

「いえ、けっこうでございます。本当に大丈夫ですから」

「なになに、遠慮はいりません」

さぁ、行きましょう、と冬馬は小春をうながす。

先に行った夏絵が、遠くからこちらを見ている。

小春が左指を頬に添えた。

すると、夏絵が脱兎のごとく戻ってきた。その足さばきは、見る者が見れば異様なものだとわかるが、あいにくと冬馬は気がつかない。

「お役人さん、うちの娘を困らせないでおくれ」

「は……困らせてはいません」

「そんなことはないね」

夏絵が小春に視線を送り、左指をかすかに動かした。

これまた注意力のある者が見れば、ふたりの間でなにやら指による合図が交わされていると気づくはずだが、冬馬はのぼせあがったままだった。

夏絵は、この馬鹿、といいたそうに、怒りの目を飛ばす。だが、口調はあくまでもやわらかに、

「すみませんがねぇ、お役人さま。こんな娘でも、まだ嫁入り前ですから……」

「ですから、私がお守りいたしましょう」

「いやそうではなくて」

「いいです、いいです、ご心配はいりませんから」

さぁ、と小春の手を取りそうになり、おっと、といって引っこめた。

その仕草がおかしかったのか、思わず小春は口元をほころばせる。

その表情を見て、冬馬も満足げな笑みを浮かべる。

勝手に勘違いをしたまま、先を歩く冬馬を見ながら、夏絵と小春の親子は、しかたがないと目で会話をしているのだった……。


「旦那さま、旦那さま」

「お……お、はい、私は悪い男ではありません。ご心配はいりません」

「なにをおっしゃっているのです」

小春が顔をのぞきこむ。

小春との出会いの記憶をよみがえらせていたせいで、冬馬はしばらく、ぼんやりとしていたようだった。

「いや、あ、そうか、いまはいまだった」

「旦那、大丈夫ですかい」

今度は半次が、顔をのぞきこんでくる。

「あいや、心配はいりません、私は悪い同心ではありませんから」

ふたたび繰り返した冬馬を前に、小春と半次は顔を見あわせ、お手あげの仕草を見せる。

「そんなことより、半次親分。ほかに仕入れた話はありませんか」

「あ、そうでした」

肝心な話を忘れていた、と半次は顔を引きしめた。

「藤右衛門の素性が知れたので、そのまわりを探ってみたのです」

「というと、紀州さまのご家中ですか」

「ええ、もっとも深くまでは無理ですがね。でも、藩邸出入りの商人や中間などから話を聞いて、すぐにわかりましたよ。炭山藤右衛門は江戸詰めの勤番侍で、部下に大町礼之丞という男がおります。そしてその礼之丞が……」

「なるほど、お牧さんと恋仲だった若侍ですね」

小春がうなずきながら答える。

「そうです、そうです、さすが奥方。察しがいいや」

嬉しそうに半次が褒めそやす。

自分だってすぐにわかったとばかりに、冬馬はむっとして、

「それで、礼之丞さんはいまどうしているのですか」

半次は十手で手のひらを叩きながら、

「それがですね。どうやら藤右衛門は汚い手を使って、礼之丞を国許に返してしまったようなのです。事情を知ってる者たちの間では、ずいぶんと噂になっているようです。邪魔者をうまく消したものだ、と」

「まあ、なんてひどい人なのでしょう」

眉をひそめて小春がいうと、半次が顔をゆがめて、

「それだけじゃねぇ。自分で恋敵（こいがたき）を追っ払っておきながら、藤右衛門はそれを藩の方針のせいにして、自分であれば礼之丞を呼び戻せる、といって、たびたびお牧を呼びだしていたそうなんです」

「なるほど。恋文を送っても想いが通じないとわかったら、汚い手を使って、自分と会わざるをえない理由を作りだしていたのか」

さすがの冬馬も、顔をしかめて嫌悪の表情を浮かべる。

そこで半次は、

「あっ、そういえば、おかしなことをいってまして」

半次は続ける。

「恋文の喧嘩騒ぎの、ちょっとあとのことらしいんですけどね。ある日、藤右衛門がお茂の家にやってきて、またもやいいあいをはじめたらしいんです」

口論は激しく、とくに近づかなくとも罵声が聞こえてきたほどだった。

「それが、ある瞬間から、ぴたりと止まって……」

不思議に思った百姓が近づくと、なにか押しつけるような女の声が聞こえてきた。

「それで、どうも会話の様子からすると、お茂が藤右衛門に、なにかを書かせていたようなんですよ」

その言葉に、冬馬と小春は注意を払う。

「無理に書かせたというと、なにかの証文か誓約書か……いずれにしろ、藤右衛門にとっては、あまり表に出したくない内容でしょうね」

冬馬がうなずきながらつぶやく。

それに同調するかのように、半次が声をひそめて、

「ふたりの会話は、細かいところまでは聞こえなかったそうですが、それでも、ときおりお茂が声を荒らげて、この人殺し、となじっていたそうなんです」

冬馬と顔を見あわせた小春が、驚きの表情でいった。

「その話が事実だとすれば藤右衛門が、お牧さんを殺したことを知っていたことになります」

「ええ、そう考えるのが自然でしょうね。そこでお茂は、金のためか嫉妬のためか、とにかく藤右衛門への脅迫材料として文をしたためさせた……」

半次の言葉を聞き終えた冬馬は、いますぐにでも、お茂に真実を聞きにいこうと勇みこんだ。

「そんなことをしても、まともに話してはくれないでしょうねぇ」

首を傾げる小春に向けて、

「ひとつだけ、いい方法があります」

冬馬が、真面目な顔をしながらいった。

「脅迫のためのネタだとすれば、お茂にとって命綱も同じ。藤右衛門に奪われたら意味がありません。おそらく、家のなかに文を隠し持っているはずです」

「だからって、無理やり文を提出させることもできませんや」

半次がため息をついた。

「確たる証拠がなければ、人数を集めて家を調べることもできませんねぇ。といって、町方が盗みをやるわけにはいきませんし……」

冬馬と半次がなかば諦めているところ、小春だけがにんまりしながら、右指で頬をするりと撫でた。

五

「なんだって。あんた、よけいなことをするんじゃないよ」

その日の深夜である。

寝入った冬馬を確認してから、小春はそっと寝所を抜けだした。押入れにもぐると天井板を外して、屋根にのぼっていく。

全身黒装束だが、盗人かぶりをしている口元に、白い線が入っていた。

夜目に白線は目立つが、それは、ねずみ小僧としての代々の印だった。

屋根伝いに小伝馬町から、富沢町の夏絵の家に忍びこんだ。

そして親子での会話である。

「どうして、そんなくだらない盗みをするんだい」

「もちろん、旦那さまのためです」

「あんなぶっとび男のために、しゃしゃり出る必要はないよ」

「それで旦那さまが出世をするのでしたら、私は手伝いたいと思います」

「いままで、そんな話はしたことはないじゃないか。どうして、いきなりあのぼんくらを手伝おうなんて考えたんだい」

「半次さんが来てからですね」

「あのできそこないの若旦那が、なにか頼み事でもしてきたか」

「違います。半次さんは真面目な方です。たとえ本物ではなくとも、いまは本気で、岡っ引としてお牧さんを殺した下手人の捕縛を願っています」

「ふん、金持ちのお座敷芸なんかに、私は加担したくないね」

「やるのは私ですよ。引退した人はどうぞ、お静かに」

「まったく……町方の嫁になったり、探索を手伝ったり、あげくの果てには奇妙な若旦那に同情したりして。ねずみ小僧の名が泣くよ」

「なにをいわれても、かまいません。いまは、元禄(げんろく)の世ではありませんからね」

　ちっ、と夏絵は舌打ちをするが、それ以上、反対はしなかった。

「では、行ってきます。私の代わりに、旦那さまのとなりに寝ていてください」

「ふん、捕まっても知らないよ。まぁ、あいつの親父さんだったら危なかったかもしれないけど、あの変わり者の婿どのじゃぁ、そこまでの才覚はないね」

「どうでしょうねぇ」

「あぁ、あぁ……私は、猫宮の親父さんが懐かしいよ」

にっこりと微笑むと、小春は夏絵の長屋から抜けだした。

そのまま小春は、富沢町から両国橋を渡り、いっきに大川を北にのぼった。水戸さまの広大な屋敷を裏からまわりこんで、須崎村に入った。

足を止めて、周囲を見渡す。

まわりは暗く、点在する百姓屋の明かりもほとんど消されている。このような刻限に灯明を使う家など、ほとんどない。なにより油は貴重だからである。

だが、ひとつだけ、ぽつんと明るい家があった。

「あれだわ……」

近くまで寄ると、新しい材木の香りが漂ってきた。

半次によれば、普請をしたばかりのような家だというから、おそらくここが茂の住まいで間違いないだろう。

小春は、すうっと屋根にのぼると、板葺き屋根を外し、天井裏におりた。

天井裏から下をのぞくと、そこは六畳の部屋だった。人の姿はない。

音もなく部屋におりて、耳を澄ます。寝息でも聞こえてこないかと思ったが、家のなかは静かで、誰もいないのではないかと思えるほどであった。

しかし、行灯がついている部屋があったはずである。藤右衛門が、見台でも使っているのではないか。

明かりのついている部屋を確かめようと、小春は廊下に出る。廊下は思いのほか、きれいに磨かれていた。

聞いたかぎりでは、お茂はもっとずぼらな女ではないかと、勝手に想像していた。たしかに、男を脅すような女だからといって、掃除が嫌いだとはいえないだろう。

そんなことを考えながら小春は、廊下を静かに進んだ。

すぐに、明かりが漏れる部屋が見つかった。

かさこそと、書物の開かれる音が聞こえてくる。

藤右衛門か、あるいはお茂であろう。使用人がいたとしても、この時間に書物や文を見ているとは思えなかった。次は、お茂の寝所を探すことにした。

小春は、さらに廊下の奥に進む。

忍びの術を使えるわけではないが、家伝ともいえる盗術はあった。なにより重要なのは、音である。足音を気づかれたら、終わりだ。

中腰のまま、小春はある部屋の前で足を止めた。

耳を澄ますと、寝息が聞こえてくる。女のようで、そこがお茂の寝所らしい。

盗みのときならば、隠された金子を探すのだが、今日は目的が異なる。見つけなければいけないのは、金子ではない。お茂が藤右衛門に書かせた文だ。

人は普通、大事な書類をどこに隠すものだろうか……。

――そういえば、私も恋文を隠したことはありませんねぇ。

苦笑しながら、小春はしばし部屋の前で思案する。

大事なものなら、すぐ手の届くところに置いているのではないか。

あるいは、誰にも見つからない場所だ。

だが、藤右衛門はこの家にいることも多い。どんなに発見しにくい場所だったとしても、たまたま見つけてしまうことはありえる。

……やはり、そばに置いておくわね。

寝所ならば、自分が寝ているときでも安心だ。

そう結論づけた小春は、静かに障子を開いた。

赤い夜着が目に入った。

熟睡しているさまを確認してから、もう一度、藤右衛門が見台を使っていると思われる部屋に戻った。

懐から粉薬を取りだし、背中に縛りつけている火口箱（ほくちばこ）から火口を開いた。

粉薬を熱し、かすかに開けた障子の隙間に近づける。風とともに、燃えた粉が煙となって、部屋に流れこんでいく。

しばらく待ち、障子を静かに開けてみると、果たして藤右衛門らしき中年の武士が文机(ふづくえ)に突っ伏していた。

なかにもぐりこんだ小春は、男が完全に寝入った様子を確認してから、ふたたびお茂の部屋に戻る。

今度は眠り薬は使わずに、お茂の枕元に座ると、頭を軽く叩いた。

「あ……な、なんです、あなたは」

驚いたお茂は起きようとするが、身体が動かない。すでに小春の足が、お茂の下半身をおさえているからだった。

だが意外なことに、お茂はあまり怯えてはいない。

「お茂さんですね」

声音を変えて、男女がわからないように声を発した。

「……なんです、あなたは」

「ねずみです。あなたは、お牧さんを殺しましたか」

「……馬鹿な。そんな自分が損をするようなことはしませんよ」

「そうですか。では、誰が殺したのですか。本当は知っているんでしょう」

「……どうして私が知ってると思うんです」

「はい、いまの答えでわかりました」

お茂をおさえていた足を外すと、小春はにこりとする。

「なにがです」

あわててお茂は身体を起こした。

「自分にかかわりがないなら、そんな返答はしません。ただ、知らないと答えるものです。でも、あなたはどうして自分が知っていると思うのか、と質問しましたね」

「…………」

「つまり、あなたは、私がどれだけ知っているのか、探りを入れたのです。こちらの手のうちを知ろうとしたのです。なぜですか」

「こじつけもいいところです」

「やましいところがあるからでしょう。あなたの返答と目の動きが、いろいろ教えてくれましたね」

小春はお茂から離れて、部屋の隅にある行灯に近づいた。

「なかなか、おもしろい行灯ですねぇ」

一度、行灯の作りを確かめてから、火を入れた。

すると、人や家具はないのに、うっすらと影が生まれている。

「おもしろいですねぇ。どうして、こんな影ができるのでしょう」

笑みを浮かべながら、小春は行灯の紙の部分を外した。

「やめて」

あわててお茂が寄ってきて、馬乗りになろうとする。小春はお茂の身体を腕で払って、行灯を囲っていた紙の裏表を確かめた。

「なるほど、こうなっていたんですね」

紙の中心にはなにもないが、端の部分が厚くなっている。文を細く折り、端のほうに軽く糊(のり)でとめているのだった。それを慎重に、小春ははがそうとする。

「やめて」

小春から少し離れていたお茂は、いきなり行灯を蹴飛ばした。倒れた行灯から、火がふすまに飛び移った。

音を立てて、火がまわりはじめる。

一瞬、躊躇(ちゅうちょ)した小春であったが、火をかいくぐって部屋から逃げだした。お茂も続く。

天井にのぼろうとして、はっと気がついた。

「藤右衛門が危ない」

だが、お茂はひとりで外に逃げてしまったようだった。

小春は藤右衛門の部屋に戻って、飛びこんだ。藤右衛門は眠り続けている。

背中を抱えて、活を入れた。目を開いた藤右衛門に伝える。

「私はねずみ小僧……町方ではありません。ですから、捕縛はしませんよ。でもね、かならず捕まると思いますよ」

それだけ耳元でささやくと、音もなく部屋を飛びだした。

六

逃げたお茂は、大川沿いまで走り、自身番に飛びこんだ。そこで、ねずみ小僧が出た、と伝えたのである。

すわ、と大騒ぎになった町方を見て、須崎村まで戻ったのであった。

あわてて逃げだしたものの、藤右衛門のことが心配になった。じつのところ、焼け死んでしまってもそこまで悲しみはしないだろうが、なによりいまの生活が続けられなくなる。

須崎の家に着くと、ねずみ小僧の姿は消えていた。

火の中から藤右衛門が出てきた。眠り薬が効いているのかまだ足はおぼつかない。水たまりに足を突っこんだ藤右衛門を肩で支えて須崎から小梅をまわりこみ、業平橋を過ぎて、横川沿いを南に逃げていく。


そのころ半次は、ちょうど火事が起きた周辺にいた。夜のうちにもう一度、お茂の家を探ろうと考えていたのだ。

――藤右衛門がお茂を囲っていた家が、火事に……。

町火消したちが、家のなかには誰もいないと叫んでいる。

ふたりは逃げたらしい。

火付けか、それとも単なる不始末だったのか判断はできぬが、いずれにしてもお茂宅が焼けだされているのである。

半次は周囲を龕灯（がんどう）で照らしながら、足跡を探した。

水たまりが龕灯の光に反射した。周囲を探ると、ふたり連れの足跡があった。

泥の塊が、行き先を告げている。

半次は、それを追う。

ときおり、町方の声と呼子(よびこ)の音が聞こえてくる。

火事だという声を後ろに聞きながら、小春は須崎村から小梅町を抜け、大川橋を渡って花川戸の町家を歩いていた。

呼子の音が聞こえてくる。

町方たちは、ねずみ小僧を捕まえろ、と叫びあっている。

逃げたお茂が自身番に飛びこんで、ねずみ小僧が出た、と伝えたに違いない。

須崎村の火事だけでは、ここまで騒ぎが大きくなるはずもない。

火消しの纏(まとい)は須崎に向かっているが、町方は、周辺の大きな通りを固めているようであった。それこそ、袋のねずみにするつもりらしい。

ねずみを逃がすな、という叫び声を聞いて、

「あれは……旦那さま……」

ねずみ小僧が出たと聞いて、すっ飛んできたのだろう。

「こんなときは、行動が早いわねぇ」

笑みを浮かべながら、小春は火の見櫓から、家の屋根に飛び移り、周囲を見まわした。

黒装束に一本の白線が走った姿を、雲から出てきた半月が映しだしている。通りには町方が集まって、小春の姿を見つけてなにやら叫んでいた。

その先頭に立っているのが、猫宮冬馬だ。十手を振りまわしながら、小者たちに指示を与えているらしい。

小春はその姿に、微笑ましさを感じる。

「あの凛々しい姿がなかったら、女房にはなっていなかったわね」

出会った日々を思いだそうとして、いまはまずい、と思い直した。

「旦那さま……申しわけありませんが、捕まるわけにはいきませんので。失礼いたしますよ」

つぶやくと、小春は屋根から屋根へと飛び移っていく。

冬馬は、屋根伝いに逃げる姿を見て、興奮している。

「今日こそ、捕まえるのだ」

いつものていねいな言葉遣いは忘れてしまったらしい。

集まっている町方全体に声が届くように、大きく叫んだ。

猫宮家とねずみ小僧の因縁を、ほとんどの町方が知っている。なんとか、その宿願を成就させたい、と思っているのだった。

屋根を滑(すべ)るように走りながら逃げるねずみ小僧の姿は、美しく、なかには見惚れる十手持ちもいるくらいである。

それも無理はない。月夜に姿をさらしながら、堂々と逃げる盗人など、まさにねずみ小僧くらいであろう。

追え、追え、という冬馬の声が、深夜の町家に響きわたる。その声を聞きながら、笑みを浮かべて、小春は逃げる。

花川戸から山之宿(やまのしゅく)に入ったところで、屋根からおりた。

すこし、悪戯心が芽生えてきたからだった。

——ちょっと遊んでみましょうか。

山之宿から浅草寺方面へと足を向けると、五重塔の影が見えてきた。

浅草寺に逃げこんでしまったら、町方は追ってくることができない。それではおもしろくない。

もっとぎりぎりのところで姿を隠してやろう、と小春は考えた。

馬道(うまみち)に入ったところで、小春はしばし足を止めた。冬馬が近づいてくるまで、待つことにしたのである。

そんなこととはつゆ知らず、ねずみ小僧がいたぞ、という町方の声が聞こえてきた。

「あ、いたな、ねずみ小僧め。神妙にしろ」

先頭を切って向かってくる冬馬の姿が見えてきた。十手を振りまわしているのは、いつもの夫の姿と同じだった。あとから、小者たちが追いかけてくる。

半次は、ようやく藤右衛門とお茂のふたりの姿を見つけた。藤右衛門はふらついているようで、それをお茂が支えながら歩いている。

「さて、どうするか……」

こんなことなら冬馬を連れてくればよかった、と後悔したが、すぐに思い直す。いくら同心といえども、お茂はともかく、おいそれと藩士を捕縛などできない。そもそも、なんの罪で捕まえるというのか。

「なんとかなるさ」

懐に手を突っこむと、巾着（きんちゃく）の紐が触れた。

自分にとって強い味方がいる……それは、小判であった。

いざとなれば、投げつければいい。

半次は強気で攻めることにした。

「みなの衆、ねずみ小僧が出たぞ」

藤右衛門とお茂をどう呼んでいいのかわからず、思わず、ねずみ小僧の名前を使って叫んでしまった。そのほうが、周辺に住んでいる住人たちが出てくるかもしれない。

半次の作戦は、見事にあたった。

武家屋敷から、またはあちこちの長屋から人が大勢出てきたのである。

「やつらはねずみ小僧の仲間だ」

捕縛するから手伝ってくれ、といい放ったが、なぜか誰も手伝おうとはしない。それどころか、ふたりを逃がそうとする動きを見せる者まで出てきたのである。

「う……ねずみ小僧は、みんなに人気があるのか」

その事実を忘れていた、と半次は反省するが、

「これでどうだ」

叫びながら、小判を取りだして、あちこちに投げたのである。

集まった者たちは、最初なにが起きているのかわからずぽかんとしていたが、

「小判だ、小判だぞ」

誰かが気がつくと、小判を拾おうと、あっという間に人が群がりはじめた。

半次は、藤右衛門とお茂が逃げようとする先まで、小判を投げ続ける。思いきった作戦だった。

そして、小判を拾う連中が、ふたりの逃げ道を塞ぐことになったのである。

藤右衛門とお茂は、小判を探して走りまわる連中の輪のなかで、身動きができなくなっていた。

「御用の筋だ。ちょっと来てもらおうか」

この時点では、小春が証拠の文を手にしているなど、半次には知る由もない。

自身番に連れていったとして、なにを尋ねるのかも決めていなかった。

しかし、半次は強気だった。

「お牧殺しについても、聞きてぇことがあるぜ」

偽の御用聞きのため、捕縄を持っているわけではない。そこで、手製の十手をふたりの目前に振りかざしながらの啖呵であった。

七

冬馬は、雷門のてっぺんに立っているねずみ小僧を見つけた。どうやってあがったのか気になったが、そんなことはどうでもいい。

「やい、ねずみ小僧、神妙に縛につきなさい」

こんなときまで、ていねいな言葉を使う、と小春は微笑みながら、

「猫宮の旦那、お父上は息災ですか」

「あぁ、おかげさまで……って、おまえなんかに、そんな話をする必要はありません」

「はい、そうでしたね」

「さっさと、そこからおりてくるんだ」

「おりたらどうなります」

小春の声は、男のような声音に変化している。

「捕縛するに決まっているでしょう」

「それは嫌ですねぇ。私にはまだやることがいっぱいありますから」

「まだ盗みを続けるつもりなら、地獄に落ちますよ。それが嫌なら、私の手に捕まったほうがいい」

「そうしたら、極楽にでも行けますか」

「もちろん、極楽も極楽。極上の極楽に行けます。保証しましょう」

「ほっほほ。それはありがたい話ですけど、残念ながら私は、まだ極楽にも地獄にも行きたくないのです」

「極楽も地獄も嫌なら、伝馬町です」

冬馬は、捕縄を投げつけようとして、てっぺんまでは届かないと気がつき、しゃがんで石を拾うと、闇空に向けて投げつけた。

しかし、それは見当外れの空に飛んでいく。

と、小者が寄ってきて、ささやいた。

「猫宮の旦那……半次さんという方が、炭山藤右衛門さまとお茂という女を、自身番に連れてきたらしいのですが……どうしましょう」

「なに……そうか、そういえばお茂の家が火事でしたね。お牧殺しも追及したいが……」

確たる理由があれば武家だとしても追及はできる。

最後は目付を呼んでもいい。

冬馬は叫んだ。

「やい、ねずみ小僧。今日のところはしかたがないから見逃してやるが、次に会ったその日が、地獄の一丁目と思ってくださいよ」

「……なんだか迫力がありませんねぇ」

「ねずみ小僧捕縛への心意気は、誰よりもあります」

「へぇ……」

「馬鹿にしてますね。まぁ、いいでしょう、今日のところはここまで。地獄でも極楽でも、天竺(てんじく)でも逃げなさい。いや、天竺まで行かれてしまったら、さすがに困りますが」

「なにをおしゃっているんです」

小春は半分呆れているが、同時に、自分の夫がなんともかわいく見えてくる。

「では、お言葉に甘えまして……さようなら」

手を振ると、小春は綱でもぶらさげていたのか、するすると雷門のてっぺんから、地面に飛びおりた。

そして、

「猫宮の旦那。これは手土産です」

どうぞ、というと、風呂敷包みらしきものを地面に置いて、さぁと姿を消してしまった。

「すばやいやつですねぇ」

あざやかで颯爽としたねずみ小僧の行動に、そばの小者はすっかりと見惚れてしまったようだ。

かくいう冬馬も口を開けたままで、旦那、と呼ぶ声でわれに返った。あわてて風呂敷包みを拾うと、なかに数枚の紙が入っていた。

「これは……」

紙片は、文であると冬馬はすぐに気がついた。書き記した内容を読み進めるうちに、

「どうして、ねずみ小僧がこんなものを……」

懐にしまうと、半次のところへ行こう、と踵を返した。

自身番では、藤右衛門とお茂が、半次の前に座っていた。

もちろん、地面ではなく、部屋の上である。

だいぶ頭がはっきりしてきたのか、藤右衛門はあきらかに苛立ち（いらだ）を顔に表していた。

それをのらりくらりとかわしているところへ、ようやくのこと冬馬が姿を見せた。

「半次親分、お手柄でした」

まずは半次を褒めた。偶然かもしれないが、ここに連れてきたのはたしかにお手柄といえるだろう。

意外な言葉だったのか、半次は、へぇ、と嬉しそうにするが、

「でもねぇ。火事で大事なものが焼けてしまったんじゃねぇかと思います」

文のことをいっているのだろう。

そこで冬馬は、懐から紙片を取りだした。

「これのことですか」

「……お、これは、どうして旦那が。ひょっとしたら旦那が、ねずみ小僧だったんですかい」

「馬鹿なことをいうものではありませんよ。ねずみ小僧が私だったら、さっきまで江戸中を飛びまわっていたのは、誰なのです」

「はぁ、そうですねぇ。双子とか」

「親分さん、頭がおかしくはありませんか」

「そうかもしれませんね」

真剣に半次は答えた。

おい、早く帰らせてくれ、と藤右衛門が叫んだ。

若干、呂律がまわってないが、酒に酔っている様子はない。もちろん冬馬や半次も、いや藤右衛門本人ですら、小春に眠り薬を盛られたことを知らないのだった。

冬馬は文をひらひらさせながら、

「藤右衛門さん、これはなんです」

「……あ、なんだね、私は知りませんよ」

「そうでしょうねぇ。まぁ、いいです。私が懇意にしている目付の、矢波銀之丞さんに見てもらいましょうか」

「矢波……」

はて、という顔つきをする藤右衛門に、

「目付といっても、隠し目付ですから、知るわけもありませんね」

「ほう、そうなのか」

文のことを持ちだされ、ようやくのこと頭がはっきりとしてきたらしい。藤右衛門の顔が別人のようになった。

まずいことになったかもしれぬと、顔が青ざめ、となりのお茂に不安そうな顔を向けた。

「おまえ……」

「ばれたんですよ。私が渡したわけではありませんよ」

「ばれた、としても誰が、あれを……」

「ねずみ小僧ですよ。どうやってそこの旦那が持ってるのか知りませんけどね、もう終わりですよ」

「盗人がおまえの隠した場所に気がついたというのか。私は知らぬ場所であったはずなのに」

こらこらこら、内輪揉めはやめろ、と半次が手製の十手を振りまわす。

そこで冬馬が、とどめを刺すようにいった。

「ここには、藤右衛門さん……あなたがお牧を殺した、と書いてありますよ」

「う、嘘だ。作り物だ」

「ですが、署名もありますし、判も押してありますけどねぇ」

「うっ……」

言葉を失った藤右衛門をよそに、冬馬はお茂のほうを見やった。

「この文は、あなたが藤右衛門さんに書かせたものですね」

しばらく黙って無視していたお茂だったが、半次に十手で小突かれ、

「ふん、そうだよ。あの日、そこの人が、真っ青な顔をして家に来てね。様子が変だったものだから、こっそり調べたら、着物や腰のものに血がついているのを見つけちまったのさ。最初は隠していたんだけどね、殺されたのがご執心だったあの娘だっていうじゃないか。こりゃあもう、どうしたっていい逃れなんざできやしないよ」

「なるほど、それであなたは自分の保身のため、いや、お金のためですか。藤右衛門さんに覚書を記させた。ところで、その証拠となる文は、どこに隠していたのですか」

「ふうん、ねずみ小僧も、どこで見つけたのかは教えてくれなかったのかい……寝所の行灯のなかさ。もっといえば、行灯を囲う紙と一緒にしてたんだよ」

お茂は、ひひひ、と笑った。

すっかりとうなだれていた藤右衛門が、そんなところに、とお茂の顔を見つめる、

「なぜそんなところに隠したのです。少しでも間違えば、大事な文が燃えてしまうでしょう」

「……さっき旦那は、保身やら金のためといってたけどね、少しは私のなかに悋気もあったのさ。寝所で行灯をともすたびに、文が影を作ってね。なにも知らないこの人を見ていると、愉快だったよ」

ある意味でいえば、お茂の嫉妬が、藤右衛門を滅ぼしたのだろう。

「女の嫉妬は恐ろしいですねぇ」

「あら、男の嫉妬だってとんでもありませんよ」

「そうですか……そうかもしれませんね」

否定もせずに認めた冬馬の態度に、お茂は怪訝な目を向けて、

「旦那は、町方にしてはめずらしく素直ですね」

「はい、よくいわれます」

旦那、旦那、と半次が呆れながら、冬馬の前に出て、

「やいやい。猫宮の旦那が甘っちょろいからといって、逃げられねぇぜ」

——甘っちょろいのか、私は……。

冬馬は、ついそんなことを考えてしまうが、半次とは異なり、正式な十手を取りだして、磨くような仕草をする。

「さて、藤右衛門さんのことは目付に任せるとして、お牧さん殺しの一件、あなたの扱いをどうしましょうかね」

「私は関係ありませんよ」

お茂が、薄ら笑いと一緒に、藤右衛門に目を向けた。

藤右衛門は嫌そうな顔でお茂を見つめ、裏切り者め、とつぶやいた。

お茂はなんらこたえる様子も見せず、殺したのはあんたじゃないのさ、と吐き捨てた。

半次は舌打ちをしながら、

「おい、ふたりとも、いいかげんにしねぇか。反省もろくにせずに殺しの罪をなすりつけあうなんて、おまえら、頭が変だぜ」

「あたへん、ですね」

すかさず、冬馬がいった。

「あたへん……頭が変という意味ですかい」

「そういうことです」

「……旦那、言葉遊びをやっている暇はねぇです」

「申しわけない」


その後、炭山藤右衛門は切腹となり、御家取り潰しは免れたものの、家財は没収のうえ、家督は遠縁の者が継ぐことになったらしい。

どうやら、公儀目付と紀州藩の間で、なんらかの密約が交わされたらしく、事件はおおやけにはならなかった。

そのせいかは知らぬが、お茂も裁かれることはなく、江戸を出て西国のほうへと旅立ったという。

ひさしぶりの非番となった冬馬は、家で小春と事件のことを語らっていた。

愛妻だけであればいいのだが、当然のように、義母の姿もある。

「それにしても、千駄ヶ谷の富士塚ってぇのは、なんだったたのかねぇ」

話を聞いていた夏絵が、首を傾げる。無視するわけにもいかず、冬馬は知り得たことをすべて明かした。

「富士塚に行けば恋が成就するといって、藤右衛門がお牧を誘いだしたらしいのです。そこで、国許に帰った礼之丞のことを持ちだし、あらためてお牧に関係を迫った。だが、お牧はかたくなに藤右衛門を拒み、かっとなった藤右衛門は……という次第です」

「そもそも、のこのこと富士塚など行かなければいいのに。馬鹿だね、女は」

「それだけ、純粋に礼之丞さんに惚れていたんでしょう」

むっとしながら、冬馬が答えた。

そういえば、と夏絵は悪戯っぽい顔をする。

「あんた、ねずみ小僧を追いかけて、逃がしてしまったんだってねぇ」

「わざと逃がしたんです」

「おやおや」

冬馬がいい返そうとする前に、

「その代わり、お牧殺しの下手人を捕まえましたからね。それで、いいではありませんか」

小春が笑みを浮かべて、冬馬の味方をした。

だが夏絵は、なおもにやにやとして、

「それも、ねずみ小僧からもらった文のおかげだからねぇ」

「……それはそのとおりですが、ねずみ小僧は盗人ですから、礼はいいません」

冬馬の言葉に、夏絵と小春は目を合わせて苦笑するしかない。

「それにしても、藤右衛門とて、好きな女を殺すつもりなどなかったのでしょう。好色で最低な人物であるのはたしかでしょうが、べつに根っからの人殺しというわけではない。それが、お牧さんに抵抗され、自分の面子や誇りが傷つけられたと、つい頭に血がのぼったのでしょう」

「そんなことで好きな女を殺してしまうなんて、馬鹿のやることだね」

「たしかに、あたへんです」

「あたへんとはなんだい」

「頭が変、という意味です。この前、思いつきました」

「婿どの、あんたもたいして変わらないよ」

「そうですかねぇ」

「旦那さま、そんな言葉に納得してはいけません」

小春は苦笑しながら、冬馬の背中を叩いた。

「あ……痛いです」

背中に手をまわそうとしたが、届かない。

「小春さん、痛かったから、さすってください」

「はいはい、これでいいですか」

「はい、もう少し、上、右横……そこです、そこです」

ふたりのやりとりを見ながら、頼りないねぇ、と夏絵は肩を落とす。

「お父上のほうがずっと骨があって、格好よかったよ。ご病気のほうはよくなったのかい」

「体調も戻り、いまは江戸にいません。放浪の旅に出ていきました」

「なんとまぁ……」

「母も亡くなりましたからね。隠居したからといって、のんびりするのはもったいない、江戸以外の町も見たい、と旅から旅の旅鴉（たびがらす）だそうです」

「親子そろって、あたへんだね」

「はい、あたへん一家です」

　がらりと音がして、半次が入ってきた。差配の千右衛門も一緒だった。

　今日の半次はいつもと異なり、どこかぼうっとしていて、視点が定まっていないように見えた。

　千右衛門が手をついて、

「猫宮さま、若旦那がぜひにもお礼をいいたいと申しまして、一緒にお訪ねいたしました」

「それはわかりましたが……しかし、半次さんはどこかおかしいですね」

「どうやら、こぶんの半次から抜けだしたようなのです」

千右衛門は苦笑しながら、なりきりに満足すると、こうやって腑抜けみたいになってしまう、という。

「だけど、今回の変身は、けっこう気持ちがよかったようです」

「はは ぁ……ここにも、あたへんがいましたねぇ」

千右衛門がいうには、本人が気に入らないと、間を置かず、すぐにまたほかの人に変身してしまうらしい。

しかも、よほど事件探索がおもしろかったのか、また半次に戻るかもしれない、というのだ。

「まぁ、半次なら半次さんだけになってもらったほうが、こちらといたしましても助かります。ご両親も、お喜びになるでしょうね」

「はぁ……」

そこで、お願いがあります、と千右衛門はいう。

「またなにか興味深い探索がありましたら、よろしくご指導のほどを……」

「そんな、今回だけではないのですか」

「はい、まぁ、半次さんは抜けてしまったので、次回はまたほかの誰かに変身してしまうかもしれませんが」

冬馬が答えに詰まっていると、

「いいじゃないの。あずかってやりなさいよ。人助けだよ」

夏絵は、差配が懐に小判を忍ばせていると気がついているのだ。

冬馬は小春に相談するような視線を送った。

そうですねぇ、と小春は思案顔をする。

「旦那さまがそれでよければ、いいんではありませんか。今回も邪魔になるような働きではありませんでしたからね。むしろ、藤右衛門たちを追いつめられたのは、半次さんの手柄ですよ」

「ふっ……そうかもしれませんね。わかりました。またそのときは、あずかりましょう」

「ありがとうございます」

差配は身体の横に十両包みを置いて、戻っていった。半次は、最後までひとことも口をきかないままだった。

では私も、と夏絵が立ちあがったが、

「お母さん、置いていってください」

「……目が早いねぇ」

苦虫を噛み潰しながら、夏絵は手に隠していた金子を置いた。

「目が早いのは、私ではありません」

「そんなにいっぱいもらって、どうするんだい。相手を変えて、祝言をやりなおすってのなら、私も大賛成だけどね」

「これは、殺されたお牧さんの弔いに使います」

そんな会話を交わしていると、戸口のほうで、にゃあと鳴き声がした。

「お牧さんが飼っていた猫でしょうか。下手人を捕まえてくれてありがとうと、お礼をいいにきたのかもしれませんね」

「あたしゃ、猫は嫌いだよ」

すうっと夏絵の姿が消えた。

冬馬は、ふたりの会話にも参加せずに愚痴をこぼしていた。だが、その表情は、どことなく嬉しそうでもあった。

「また、小判の半次がやってくるのですか。いや、次回は半次ではないのかもしれないんですねぇ……面倒な人でなければいいですけど」

第二話　手裏剣しゅしゅしゅ

一

「おい、聞いたかい。ねずみ小僧が、ひさびさに姿を見せたらしいぜ。例によって、小判をばら撒いてくれたそうじゃねぇか」

「あぁ、須崎だかどこかの外れらしいが、ずいぶんと気前がよかったらしいぜ」

「な、なんだって、ちきしょうめ」

「おめぇは酒でぶっ潰れていたからなぁ」

「酒なんか飲んでいなけりゃ、俺だってすっ飛んでいったんだがなぁ」

「拝ませてやろう」

「あ、小判。おまえ拾ったのか」

「あぁ、要領のいいやつは、二枚、三枚と拾ったって話だからな」

冬馬が住む組屋敷の周辺は、大騒ぎになっていた。

いや、八丁堀や小伝馬町、富沢町界隈だけではない。江戸中が沸きに沸いていたといっていいだろう。

夏絵の顔は、くしゃくしゃになっている。そんな夏絵を苦々しげに見つつ、冬馬は訊ねた。

「なにがそんなに楽しいのです」

横にいる小春は、冬馬の手前、あまりはしゃぐことができずに、わざとなにも知らぬふりをしている。

「あんた、聞いちゃいないのかい」

馬鹿にしたような顔で、夏絵はいきなり冬馬の十手をつかんだ。

「やめてください。これは私の命です」

「おやおや、命と奉っている十手が、馬鹿にされているというのにねぇ」

「なにがですか」

「婿どのは、本当に知らぬのですか」

「知ってます。ねずみ小僧がひさびさに現れたと、江戸中の評判なのでしょう」

「それだけではありませんよ。なんと、ねずみ小僧が貧乏人のために、小判をばら撒いてくれたと、江戸っ子は嬉しそうにはしゃいでいますよ」

「なんと」

「なんと、ではありませんねぇ。そうやって、父親の弦十郎だけではなく、息子までねずみ小僧に遊ばれているんだからねぇ」

いうまでもなく、ばら撒かれた小判は、ねずみ小僧の仕業ではない。

須崎村で、こぶんの半次が、苦しまぎれに投げ捨てた小判なのだが、話がずいぶんと大きく派手になっている。

「あのとき、ねずみ小僧は小判など投げてはいなかったはずです……」

冬馬は夏絵から、ねずみ小僧がやったと江戸っ子は考えていると説明を受けて、めんたまがひっくり返りそうにしている。

「そんな目の玉をしても、だめだねぇ……」

「うううううむ」

「唸(うな)っても、ねずみ小僧は捕まらないよ」

「ぐうううう」

なおも冬馬をからかおうとする夏絵を、小春は制した。

「お母さん、もういいでしょう」

「まぁね。ねずみ小僧が江戸っ子の助けになっているのなら、それはそれでいいけどねぇ」

二代目ねずみ小僧の夏絵としては、三代目の小春がどんな気持ちなのか、問いただしてみたいのだが、冬馬の前ではそれは無理である。

小判をばら撒いたのは小春ではないと、夏絵も知っている。

しかし、それでも喜んでいるのは、江戸っ子たちの助けになったのであれば、誰の仕業でもかまわないからだった。

むしろ、ねずみ小僧のおこないだという評判が広がるのなら、半次が投げ捨てたものだろうが、ほかの悪党が間違って落としたものだろうが、どうでもいい。

夏絵自身、義賊という言葉は嫌いだったが、現役のときは偉ぶった武家や悪徳の金貸し、両替商などから金品を盗み、貧乏人たちにばら撒いたこともあった。

それでも盗みには違いないと、夏絵と衝突をするときもあった。

三代目の小春は、盗み自体があまり好きではなかった。

「あんたは、頭をまわしすぎなんだ」

夏絵の言葉にも、うなずくことはできずにいたのである。

したがって三代目を受け継いでからも、小春は、なかなかねずみ小僧としての動きには、積極的になれなかった。

しかし、今回はひさしぶりにねずみ小僧として、冬馬の手伝いができた。

しかも、金品は盗まず、殺しの証拠を手に入れた。

――このやり方なら、私にもできるかもしれないわ……。

小春は、そう考えていたのである。

半次がばら撒いた小判が、ねずみ小僧の恩恵だと考えた庶民は、たいそう喜んだ。

小春にしてみれば予定外の話ではあったのだが、悪い気はしない。

「おやおや……」

話の途中で、夏絵が鼻を鳴らした。

「どうやら、また千右衛門が奇人変人を連れてきたようだよ」

がらりと音がして、訪(おとな)いを乞う声が聞こえてきた。

その声は、たしかに差配の千右衛門であった。

小春が苦笑すると、冬馬は眉根をひそめている。

現れた千右衛門は、慇懃に挨拶をすると、

「申しわけありませんが、またまたお願いがあってやってまいりました」

冬馬が、おあつらえむきの探索はありませんが、と応じる。

「はい、承知しております。しかし、例の若旦那が、またもや病を発症いたしまして……」

そうはいうが、今日の千右衛門はひとりだ。

「若旦那は来ていませんね」

「そのうちやってくると思います」

「一緒ではなかったのですか」

「はい、姿を見たらその理由が判明すると思います」

千右衛門が頭をさげたとき、
しゅ。

刀が振りおろされるときのような、空気が切れる音がした。

「危ない」

冬馬が身を固くすると、小春が冬馬の身体を横に押し倒した。

唸りをあげながら、なにかが冬馬と小春の間を滑って（すべ）いく。

すぽん、という音とともに、襖になにかが刺さっていた。

「これは……十字手裏剣ではありませんか」

引き抜きにいった冬馬が、驚きの声をあげる。

振り返ると、いつの間に入ってきたのか、全身黒装束が膝立ちをしていた。

「な、な、なんです、あなたは」

「私の名は……」

「君の名は……」

「猿飛佐助」

「……冗談でしょう」

半次の後釜は、猿飛佐助のようです、と千右衛門がため息混じりに、懐に手を入れた。

その仕草を見た夏絵の目が光っている。

「今度は忍者ですか」

小春が頬をほころばせていった。

「はい、どうやらそのようでございます。数日前までは病は引っこんでいたのですが、真田家の活躍を書いた草双紙を読んだとかで……」

「なるほど、どこから見ても忍びですねぇ」

小春はいたく感心しているが、冬馬は手裏剣をしげしげと見つめている。

「十字手裏剣……こんな代物をどこで手に入れたのです」

「おそらく、鍛冶屋に頼んで作ってもらったのではないかと思いますが……」

「わざわざ金を払って……」

「はい、まぁ、ご両親はその程度の身代はお持ちですから」

ううむ、と冬馬は唸り声をあげるしかない。

「それはまぁいいとしても、今度の病が忍びになりきることだとしたら、戦場にでも行かなければならないのではありませんか」

「それは違います」

佐助が答えた。

「私が生まれたのは戦国の世ですが、いまは戦のない徳川の世です。戦いのために現われてきたのではなく、会得した忍びの術を探索のために使いたいと考え、千年のときを経てやってきました」

千年はいいすぎだろう、と夏絵は薄ら笑いをする。

「いかがでしょうか」

千右衛門が推し量るような目で、冬馬を見つめる。

「わかりました。忍びは役に立つかもしれませんからね」

その言葉に、佐助は満足げに左の手のひらに手裏剣を載せて、しゅしゅしゅしゅっと音を立て、飛ばした。

「やめて、やめて、襖が穴だらけになってしまいます」

あわてて、小春が刺さった手裏剣を追いかける。

「はい、このようなときのためにも……」

千右衛門が懐から金子を取りだすと、

「いただきましょう」

すばやく夏絵が手を伸ばした。その手を小春が、ぴしゃりと止めて、

「わかりました。なにかありましたら、この金子を使わせていただきます」

お願いいたします、と千右衛門はていねいに頭をさげた。

二

冬馬は、いつでも手裏剣を飛ばせるように構えている佐助に対峙する。

「佐助さん。普段はその黒装束はやめておいたほうがいいと思いますよ」

夏絵が、そうだそうだ、とうなずく。そして大笑いをしながら、

「そんな格好をしていると、ねずみ小僧みたいだからねぇ」

小春が、やめてください、と視線を飛ばした。

ねずみ小僧の名前を聞いて冬馬は苦笑するが、

「それしかお持ちではないのですか」

「いえ、これはこうなります」

上着を裏返しにすると、あっという間に銀鼠(ぎんねず)の小袖に変化した。袴は、柿色の野袴だった。

「なるほど。よくできているものです」

「ふん、そのくらい忍びなら当然だろうよ」

ねずみ小僧に変身するときは、私もその程度の早変わりはしている、と夏絵は心のうちで付け加えた。

そこに、声が聞こえた。

「猫宮の旦那、いらっしゃいますか」

「誰か来たみたいですね」

小春が立ちあがると、

「しまった、見廻りの刻限を過ぎている」

あわてて冬馬は、訪ね人が待っている戸口に出ると、

「あれ……」

「あ、猫宮の旦那ですね」

知らない男が立っていた。尻端折り姿に、腰に捕縄をさげている。

「突然のことで申しわけありません」

自分は、下っ引の民治というものだが、といって冬馬を見つめ、

「助けていただきたいと思ってやってまいりした」

「どうして私に助けてくれと」

「へぇ、じつはあっしには源助という引退した師匠がいるんですが、以前、弦十郎さまから手札をあずかっていたと聞かされていましたので」

「父から……そういえば子どものころ、源助の名を聞いたことがあるような」

「それは、ありがてぇ」

話が早い、と民治は頭をさげた。

ここでは話をしづらいだろう、と冬馬は民治を奥へ誘う。

町民姿に変身した佐助が、部屋の隅にちょこんと座っている。その姿は、気配を消そうとしているように見えた。

冬馬は苦笑しながら、まずは民治を夏絵に紹介する。

「まぁ、弦十郎の旦那の下っ引かい。それは懐かしいねぇ。じゃあ、源助親分とも知りあいなんだろ」

本当に懐かしそうな声音をする夏絵に、民治は意外そうに聞いた。

「おや、弦十郎さまや源助親分をご存じで」

その問いに夏絵は、言葉を詰まらせた。

まさか、自分がねずみ小僧二代目のときに、弦十郎や源助に追われていたとは答えられない。

「いいえ、そんな親分さんがいたような気がしただけですよ」

「そうですか」

民治がうなずきつつ、依然としてちんまりと隅に座っている佐助を、不思議そうに見つめる。冬馬はどう説明しようかと一瞬迷ったのち、

「こちらは、ときどき私の探索を手伝ってもらっている、佐助さんです」

「へぇ、よろしくおねげぇいたします」

民治は、疑念を持たずに、ていねいに挨拶の手をつく。

佐助も同じように、畳に頭をさげて、

「佐助と申します」

背中を丸め、小さな声で応対する。

その声音は、元気な半次のときとは異なり、まるで床下から湧き出てくるような響きであった。

病とはいえ、こんなに人が変わるものか、と冬馬は舌を巻いている。

民治は、深呼吸を繰り返してから、

「弦十郎さんは、どうしてますか」

「さぁねぇ。いまごろは下総か、あるいは相模か。いずれにしても、ひとり気ままな旅鴉(たびがらす)を決めてますよ」

冬馬の言葉に、へぇ、と感心した表情をしながら、

「たしかに、おとなしく隠居するようなお方ではないと聞いていましたが」

「そのうち戻ってきて、私に仕事を替われといってくるかもしれませんね」

そうなったら楽しいねぇ、と夏絵が嬉しそうな声を出すが、

「そんなことはありません。これからは旦那さまが、難しい探索をあっという間に解決し続けますからね」

むっとした顔つきで、小春がいい返した。

「いやぁ、そこまで私に才があるでしょうか」

「ほらほら、みなさん。婿どのはこの程度なんですよ」

夏絵は大笑いしながら、そんなんじゃ一生、ねずみ小僧を捕縛するのは無理だね、と揶揄し続ける。

「旦那……あんなことをいわれていますが、いいんですかい」

民治が心配そうな目つきで、冬馬を見つめるが、

「……いつものことですから。いまはねずみ小僧よりも、源助さんの話のほうが大事でしょう」

民治が身をただすと、その前に、といって、冬馬は民治の襟をぐいっとつかんだ。

「旦那、な、なにをするんです」

あわてる民治の近くまで身体を寄せた冬馬が、事もなげにいう。

「襟が折れていましたから」

「え……は、はぁ、それはありがたいことで」

「では、話を聞きましょうか」

「……おねげぇします」

一瞬、冬馬の行動に気を削がれた民治だったが、気を取りなおして語りはじめる。

「源助親分が引退してからも、あっしはときどき、ご機嫌うかがいにいってました。探索事で悩んだりしたとき、助言や忠告をもらったりしてたんです」

「民治親分は、ひとりでは探索ができないのですね」

真面目な顔で、冬馬がいう。

「え……いや、そうではなくて、源助親分は経験が豊富ですから」

「あ、なるほど。それで一緒に見張りや聞きこみなどをしてもらいたいと」

「いえ、そうではなくて……」

困り顔をする民治に、小春が助け船を出す。

「旦那さま、話を最後まで聞かなくてはいけません」

「はて、そうですか。わかりました、続きを聞きましょう」

悪びれずに答える冬馬に、夏絵は呆れている。

「親分さん。旦那さまはときどきおかしな物言いをいたしますが、頭は冴えていますから、ご心配なく」

小春は念を押す。

「へぇ、ありがとうございます」

「私は頭が冴えているから、心配はいりませんよ」

今度も大真面目な顔で、冬馬が付け足した。

「わかりやした。そんなわけで、源助親分からは探索のいろはを教えてもらったり、困ったときに助けてもらったりと、そんな関係でした」

「わかりました。あなたにとって源助親分は、重要な人なのですね」

「そのとおりです。ところが、十日前のことになりますが……」


いつものように民治が源助を訪ねると、あいにくと部屋にいなかった。

心張り棒もしていないから、簡単になかに入ることができたのだが、しばらく待っていると、ふらふらと源助が戻ってきた。

「源助親分、どうしたんです、そんなにふらついて」

「あぁ、いいんだ、大丈夫だ。心配はいらねぇ」

「……大丈夫には見えませんが、どうしたんです」

「なんでもねぇよ」

普段は、そんな邪険な物言いをするような源助ではない。なにか不都合なことが源助の身に起きているのではないか、と気になったという。

「悪いが、今日は帰ってくれねぇかい」

源助はそういうと、布団も敷かずに横になり、あっという間にいびきを搔きはじめてしまったのである。

「それは、眠かったからでしょう」

冬馬があっさりといい放つが、民治は、そんなことではありません、と頰を膨らませる。

「源助親分という方は、なにかあるとすぐに機嫌が悪くなるような人だったのですか」

小春が問うと民治は首を振り、あんな源助を見たのは初めてでした、と答える。

心配だからと、民治は翌日も訪ねてみた。

するとまた留守で、戻ってきたときは、昨日と同じようにふらふらして見えた。

「何度も、どこに行っていたのか、なにをしているのか、と聞いたのですが」

源助は、うるせぇ、といって、すぐふて寝してしまう。

「それは、よほど疲れるようなことをしてきたということでしょうか」

「へぇ、身体が疲れているというよりは、なにか、こう……心が疲れているような……本来の源助親分じゃなくなっているような、ずれを感じました」

「そうですか」

冬馬はうなずきながらも、いまいち理解に苦しんでいるようだ。

「そらぁ、婿どのは自分がやりたいことしか興味ないからねぇ」

夏絵が笑いながら揶揄すると、

「旦那さまは、ご自分の気持ちに素直なだけです」

小春が、夏絵を睨む。

「いまは、私の話ではありませんよ。源助親分の話です。私がどうでも関係ないではありませんか」

冬馬は、怒りもせずにねずみ小僧親子に説明する。嚙みあわない言葉に、夏絵と小春は苦笑するしかない。

「それである日のこと、自分なりに調べていたら、とうとう源助親分がなにをしていたのか、わかったのです」

民治の言葉に、ほう、とうなずいた冬馬は続きをうながす。

「親分は、密偵たちに会っていたようです」

「密偵、ですか。隠し目付とか隠れ同心とか……」

「いえ、元凶状持ちとか、捕縛されたのち、密偵になることを約束させられたような連中です」

「なにか難しい探索を頼んでいたのですね」

「いえ……調べてみると、違いました。脅していたのです」

「脅していたとは」

「密偵は身分を隠して、もとの仲間たちに溶けこんでいます。そんな悪党の連中は、裏切って密偵になった者を、犬、と呼んで憎んでいます」

「つまり、密偵になった者たちを集め、町方の犬だと……」

「そう、悪党仲間にばらすぞ、と脅していたようなのです」

「ひどいですね。裏切り者の犬だと知れたら、それこそ命はないでしょう」

「はぁ……」

民治は、たしかにそうですね、と肩を落とした。

「どうして源助親分は、密偵たちを脅すようなことをしていたんですか」

小春が首を傾げると、

「その理由がわからねぇんです」

簡単です、と冬馬はいう。

「普通に考えれば、金のためでしょうねぇ」

「はぁ。まぁ、たしかにそうなんですが……」

いまいち納得がいっていない様子の民治に、小春がなおも問いかける。

「でも、源助親分は、そんなにお金に困っていたんですか」

「いや、そんな話は聞いたことがねぇ。もし金に困っていたとしても、そんな手段を取るはずがねぇんですよ……」

源助親分ともあろう人が、いくら金に困ったからといって、密偵を脅すような真似をするはずがない、と民治は考えているのだった。

「それなら、調べてみたらわかるかもしれませんね」

冬馬の言葉に、民治が顔を明るくした。

「旦那、出張っていただけますかい」

「父上との関係もあった御用聞きなら、私が助けるのは当然です。まずは、源助親分の住まいを訪ねてみることにしましょう」

「ありがてぇ」

源助の長屋の場所を伝えると、民治はていねいに頭をさげた。

三

民治が帰っていくと、さぁ、探索だ、と佐助は勢いづいた。

「なかなかいい話でした」

「いい話とはなんです」

「あ、いいえ、探索として私の出番にちょうどいい話という意味です」

「どうしてそう思うんです」

冬馬が怪訝な声で問うと、

「凶状持ちたちは、表向きはおとなしくしているでしょうが、じつは凶暴な力を秘めていますからね」

「私ひとりでは心もとないと……」

「ひとことでいえば」

遠慮のない佐助の言葉に、そうかもしれません、と冬馬は苦笑する。

「でも、心配はいりません。私には、人にはない才があるそうですから」

自慢げにいった冬馬は、そうですよね、と小春に目を送った。

「はい。旦那さまは、他人にはない才能がありますよ。なにしろ出会ったころ、二日目でいきなり……」

そこで、小春は言葉を切った。

ほんのりと頬を染めている。

佐助が怪訝な目で、冬馬と小春と見くらべていると、

「……私がなにかしましたか」

なにも覚えてない、という風に、冬馬は小春を見つめる。

「いまの言葉は忘れてください」

その言葉で、冬馬はあっと目を見開き、

「思いだしました。あれですね、そうだ、あれのことだ……」

いきなり北町の同心が、自分たちの身辺に近づいてきた。なにか目的があるのではないか、と夏絵は娘の小春にいった。

「あの男は、ぼんくらに見せかけておいて、本当は違うんじゃないのかい」

「どういうことです」

「私たちがねずみ小僧だと気がついて、あんな嘘くさい顔をしながら近づいてきたのかもしれない」

「……それはないと思いますよ」

「そんなことわかるもんか」

「私には、わかります」

「おや、あんた、あんなのっぺらぼうに、懸想したんじゃないだろうねぇ」

「まさか。昨日、声をかけられたばかりではありませんか。そんな気持ちになるわけがありませんよ」

それならいいけどねぇ、と夏絵は疑わしそうに小春を見つめる。

と、

「たのもう……」

長屋の戸口から、冬馬の声が聞こえた。

「ほらほら、噂をすればなんとやらだよ。どうするんだい」

「とにかく会ってみましょう」

冬馬が自分たちを疑っているのかどうか、それも探ってみましょう、と小春は立ちあがった。

「今日もかわいい……」

戸口に顔を見せた冬馬は、いきなりそういって微笑んだ。

驚いた小春は、それでも笑みを浮かべて、

「それは嬉しゅうございますが……今日は、なにかご用ですか」

「ふたりが息災かどうか、見にきました」

「昨日送っていただいたばかりです。そんなに突然、なにか起きやしませんよ」

微笑みながらも、小春は呆れる気持ちを隠して答えた。

とりあえず小春は草履を履き、少しそのあたりまで歩きましょう、と冬馬を誘った。

「嬉しいですねぇ。小春さんが私を誘ってくれました」

じつのところ、ずっとこちらをうかがっている夏絵の厳しい目から、逃げたかっただけであった。

小春たちは、掘割に沿って南に向かった。

そのまま、まっすぐ行くと、大川に出る。

かすかに川風が吹きはじめたところで、稲荷神社の境内に入っていく。周囲は、武家と町家が入り混じったような場所で、人通りは少ない。

町方と肩を並べて歩いていると、捕縛でもされたのかと勘違いされかねない。そのため、人の流れが少ない場所に向かったのだったふたりで肩を並べると、それだけで塞いでしまいそうなせまい参道だった。

しかも冬馬は、肩を触れんばかりに身体を寄せてくる。

小春が逃げようとすると、袂を引っ張られた。

――なんてずうずうしい……。

そう呆れながらも、なぜか嫌な感じはせず、小春は不思議な感覚に陥っていた。

「猫宮の旦那は、不思議な方ですね」

「そうですか。ときどきいわれます」

「普通の人とは異なりますねぇ」

「そうかもしれません。おまえは人の気持ちがわからぬのか、と、よく父に怒られていました」

ほほほ、と小春は笑みを浮かべながら、

「お父上さまのその言葉、よくわかります」

「それは、小春さんが私に興味を持っているという意味ですね。だから、私のことがよくわかるのでしょう」

「……いえ、まぁ、そうなのでしょうか」

「ところで」

本殿の前で、冬馬はいきなり足を止めた。

小春に対面すると、お願いがあります、と真剣な目を向ける。

「は、はい。なんでございましょう」

「口を吸わせてください」

「……え、え、え、なんですって」

いきなりのお願いに、さすがの小春も言葉を失ってしまう。

口をぱくぱくとさせる小春の様子を気にもせず、なおも冬馬は真面目な顔つきで、

「惚れあった者同士は、口を吸いあうそうなのです」

「……あ、あ、あ。誰からそんな……」

「一昨日に読んだ草双紙に書かれていました」

「し、しかし……私はまだ……」

「惚れあっているのですから、そういうことをするといいのですよね」

冬馬は、小春に顔を近づける。

「ちょっと待ってください。そんな私たちは、まだ会って二日目です」

「いけませんか」

「いけません、そんなことをするのは」

「するのは……」

「いえ、まだまだまだまだ、先の話です」

「……そうですか、先の話ですか……」

落胆しているのかと思ったが、そうではなかった。なんと冬馬は、小春の言葉をそのまま受け取っているようだった。

「なるほど。であれば先を待ちます、ずっと先でもかまいません。その日はかならず来るのですから」

――なんて人なのです……。

小春は、失礼します、といって踵を返したのである。


「猫宮の旦那に奥方さま……どうしました」

夫婦ふたりの顔は、どこか惚けている。

「あ……佐助さん。では、行きましょう、源助のところに」

思い出を断ち切り、冬馬は立ちあがった。

源助の長屋に着いてみると、幸いにも本人は在宅していた。だが、現れた源助は真っ赤な顔をしていて、酒の匂いをぷんぷんさせている。

「なんだい、あんたたちは」

「民治に頼まれてやってきたのです」

そういって冬馬は、せまい部屋を見まわす。

部屋を見ると、その人の性格がわかる、と父の弦十郎から教えられていた。布団もきちんとたたまれているし、竈(かまど)も掃除されている。水瓶もきちんと板で塞がれていて、ゴミなどが落ちないように工夫してあった。

思ったより、源助の生活は乱れてないようだ。

それなのに、どうして密偵たちを脅すような真似をするのか。

「犬を脅しているらしいではありませんか」

単刀直入に、冬馬が聞いた。

「……犬といきなりいうとは、旦那はおかしなお人だ」

「私がおかしいのか、源助親分の頭が変なのか、それをはっきりさせましょう」

「大きなお世話だ。民治がなにを伝えたのかしれねぇが、帰ってくれ」

「そうはいきません」

「あっしを捕縛するんですかい」

「そんなことはしません。密偵を脅した裏には、理由があるはずですからね。それを教えてもらいたいのですよ」

しかし、源助は頑として口を開かない。さらに、犬たちを脅してなんぞいねぇ、と嘘もついたのである。

民治の調べが間違っているのだ、といってきかない。

業を煮やした佐助が、懐に手を突っこんだ。

「佐助さん、待ってください」

手裏剣を取りだすつもりだと気がついた冬馬は、それを制した。

「今日のところは、帰ります。ですが、困ったことが起きているなら、助けますからいつでも連絡をください。私は……」

「知ってます。猫宮の旦那でしょう。小さなころに数回、お父上……弦十郎の旦那と遊んでいるところを見たことがあります」

「へぇ……」

「ですが、今回にかぎっては、あっしのことは放っといていただきてぇ」

「はい、とにかく今日は帰ります。私の幼きころを知っているなら、なおさら力をお貸しします。いつでも組屋敷にどうぞ」

冬馬は静かに告げて、長屋から通りに出た。

「佐助さん、無闇に手裏剣しゅしゅしゅしゅはやめてくださいよ」

「手裏剣ではありません」

「おや、私の早とちりでしたか」

「小判を見せようかと……」

「ははぁ」

半次のときと同じ手を使おうとしたらしい。金持ちは考えることがでたらめだ、と冬馬は呆れながら、

「それにしても、源助親分があれでは困りましたねぇ」

「……やはり、私の出番です」

佐助はつぶやいた。

「どういうことですか」

「犬たちに会ってきます」

「私も一緒に行きますよ」

「いえ、これは忍びの仕事ですから。汚れ仕事をやるのが、忍び。世間の光を浴びながら生きている旦那は、私がなにをするのか知らねぇほうがいいのです」

「……なんだかよくわかりませんが」

「わからなくてもいいんです。私が、すべて背負って生きていきます。それが忍びの道なのですから」

大仰(おおぎょう)ないいかたをする佐助に、冬馬は、はぁ、とぼんやりとした返答しかできなかった。

四

佐助は、おのれの力だけで、犬たちを探りあてようと張りきっている。

そこで、冬馬は別の角度から、源助の行動を探ろうと決めた。

例によって自宅に戻り、小春と一緒に、源助という男の心のうちをのぞいてみようとする。

「源助さんが、なにかの問題を抱えている……それは間違いありませんね」

冬馬から話を聞いた小春は、民治の話の内容も踏まえ、そう導きだした。

「それは間違いないと思いますけどねぇ。その謎が解けません」

「源助さんと旦那さまとは、どこかで接点があったのですか」

「いや、あちらは私が幼かったころを知っているといいますが、私はまったく覚えていませんね」

源助という名前は、なんとなく覚えているような気がするだけだった。

「それなら、源助さんの過去を洗ってみたらどうです」

「私と、なにかかかわりがあるというんですか」

「そうはいいませんが、民治さんも知らない謎が隠されているかもしれません」

「どうしてそう思うのです」

「人は誰でも、秘密を持っているものです」

「……小春さんもですか」

真面目な目つきで問われて、小春はあわてる。

「まさか。私に秘密など、あるわけがないでしょう」

「そうですね、そうですよねぇ」

「もちろん、謎などありません」

「……でも、小春さんと出会って最初のころ、変なことをいわれました」

「おや、どんなことをいいましたか」

「私には……この私とは、小春さん自身のことですよ」

「……はい、わかっていますよ」

「私には秘密があるから、冬馬さんとは付き合うことはできないと……」

小春は、その瞬間をはっきりと覚えている。

ねずみ小僧が同心と恋仲になることなどありえない。

当然のように夏絵からも、あんなぶっとび同心と間違っても付き合ってはいけない、と強く念を押されていた。

母親の言葉だからといって、すべてを受け入れるわけではないが、さすがに今回ばかりは聞かざるをえない。

なにしろ、自分たちは天下を騒がす、ねずみ小僧なのだ。そのような事実を隠しながら、冬馬と心を寄せあうことなど、できるわけがない。

「覚えていますか」

真摯(しんし)な目で、冬馬は小春を見つめている。

どんな返答が戻ってくるかと待っている、子どものような目つきである。

「……秘密などありません。嘘ですよ……」

ようやく答えたが、小春の心は引き裂かれそうである。

「本当に、ありませんからね」

嘘も方便、という言葉が頭に過巻く。

お釈迦さまもいっていた。

――相手を助けるための嘘ならば、問題はない……と。

正確には、どんな言葉で説法をしていたのかはわからない。

祝言を挙げてからは、ねずみ小僧を封印しようと考えていた。

しかし、前回の事件をきっかけに、小春の気持ちに少し変化が生まれていた。

ねずみ小僧である事実は曲げられないし、盗みは罪だとも思っているが、冬馬の探索を助けるためならば、問題はないのではないか。

たとえ、探索のためになにかを盗んだとしても、それは正義の盗みだ。

前回は、殺されたお牧のため、事件解決のために文を手に入れた。

ねずみ小僧の盗賊術が、冬馬や世間の役に立てたのではないか。少なくとも、下手人を捕縛する力にはなれたはずだ。

その気持ちは、ねずみ小僧であるという後ろめたさを軽減させてくれる。

「小春さん」

「あ、はい」

「なにかを思いだしていましたね」

「ええ、あのころ……冬馬さんが、熱心に私を口説いていた日々を思いだしていました」

「はて、口説いていた……私がですか」

「はい」

「そんなことはした覚えはありませんけどねぇ」

「まぁ、わずか二日目で、口を……と迫ったことも忘れたのですか」

「あいや、あれは……はい。あとで、父にこっぴどく叱られました。草双紙を真に受け、世の男女の間では普通のことだと思ったのです」

　真っ赤になって謝る冬馬に、小春はいった。

「旦那さまは、よいお方です」

「……そうでしょうか」

「はい、江戸一番、いえ、日の本一……天竺を入れても一番ですよ」

「それは嬉しい。本当に嬉しい」

心底喜び、照れる冬馬を見ると、小春の気持ちも晴れやかになる。

――たとえ、私の裏の顔はねずみ小僧であっても、私は旦那さまが大好きです。

言葉には出せないが、小春は心のなかで、本気で叫んでいた。


密偵を探すのは佐助に任せるとして、冬馬は、源助のことを探りはじめようとした。といっても、源助の過去を知っていそうな人間といえば、父の弦十郎であるが、あいにくと旅に出てしまっている。

とりあえず長屋を訪ねても、また同じ繰り返しになるに違いない。

そこで冬馬は、源助を見張ることにした。

源助がどこに出かけているのか、それを探ろうとしたのだった。

半刻ほど見張っていると、源助が動きだした。

長屋から出ると、大川に向かって進んでいく。浅草寺から日本堤の土手に向かっているようであった。

その先は、吉原である。

いまから女遊びにいくのかと、冬馬はうんざりするが、源助を見ていると、そのような匂いは感じられない。

大門をくぐってしまったら、さすがに引き返そうと考えながら尾行を続けると、日本堤から戻りはじめたではないか。

「どういうことか……さては、気がつかれたのか」

冬馬は身体を固くしたが、そうではないらしい。

御用聞きなら、普段からその程度の注意を払っているのかもしれない。悪党たちから、いつどこで狙われるかもしれないのだ。

それだけ御用聞きとは、危険な仕事だ。

そこまで考えて、待てよ、と冬馬は思案する。

もしかすると源助自身も、もとは凶状持ちや罪人なのではないか。

自分も犬に成りさがったのだとしたら、密偵たちの境遇は手に取るようにわかるだろう。

「いや、まだそうと決まったわけではない……」

あれこれと思案しながら、冬馬は源助の尾行を続けた。

日本堤の土手から吉原方面をのぞむと、大きな屋根の並びが見えている。

夜なら菅笠をかぶった侍たちの姿も見られるが、まだ日は高い。

したがって、吉原通いの者も少なかった。たまに逆に歩いていく連中は、ひと晩過ごした帰りだろう。

そんななか、源助の足は速度を増していた。

といって、冬馬の姿に気がついたとも思えない。

「これ以上、人のいないところに向かったら、見つかってしまう……」

恐れながら尾行を続けると、源助は取って返して、今戸に向かうようであった。

そのまま行けば、大川だ。

しかし、源助は大川に出る手前で、右に曲がった。

「あそこは、待乳山(まっちやま)か……」

お参りするつもりならば、あちこちをまわり歩くような真似はしないだろう。

誰かと約束をしているのか……。

まわり道をしたのは、用心のためか。

冬馬はひとりごちながら、聖天さまの本殿につながる階段をのぼっていく源助の背を見つめた。

こんな場所で会うとしたら、女かもしれない。

聖天さまは、安産の神社だ。

ちょっと待てよ、と冬馬はまた思案する。

源助は独り者だろう。少なくとも女房の話は聞いていない。

どうして安産の神さまのところになど、足を運んできたのか。

隠し子でもいるのか。それとも、別れた女房との間に子がいるのか。

冬馬は用心を重ねながら階段をのぼり、本殿のある広場で源助の姿を探す。

「旦那……」

突然、源助が目の前に現われた。

「……やぁ、こんなところで会うとは奇遇ですねぇ」

思わず、冬馬は手をあげながら叫んでいた。

「旦那は、もう少し見張りや尾行の仕方を、勉強したほうがいいです」

「な、なんと、それはまた」

「弦十郎の旦那の息子さんとも思えねぇ」

「く……馬鹿にされたような気がしますが……そうですか。いい返せません」

「弦十郎の旦那がよくいってました」

「なにをです」

「やがて自分は引退して、息子に跡を継がせる日が来るだろう。そうなったら、しっかりと薫陶（くんとう）してやってくれと」

「聞いたことがありませんねぇ、そんな話は」

源助は、そうですか、と笑った。

「まさか民治が、旦那のところへ相談にいくとは思っていませんでした」

「会ったこともない民治が訪ねてきたので、私も驚きました」

「弦十郎旦那のおっしゃるとおりですね」

「なにがです」

「旦那はこうもいってたんです。うちの息子は、ちと毛色が変わっておる、と」

「ははぁ……」

「ただし、あれは私を超えるだけの才を持っている……ことあるごとに、そうおっしゃっていましたよ」

「親の欲目（よくめ）でしょう」

「あっしも、最初はそう思っていましたが、いまならその意味がわかります」

源助はそういうと、あっしの話を聞いてくれますかい、とていねいに頭をさげた。

五

その日の夜――。

小春は、冬馬から源助の数奇な運命を聞かされて、そんなことがあったんですねぇ、とうなずいている。

「では、源助さんは、その女の人を助けるために、お金を集めていたというわけですか」

「そうらしいですねぇ」

待乳山で聞いた話はこうだった……。

源助がまだ下っ引だったころ、思いを寄せた女がいた。

だが、その女は女郎だったのである。

「櫓下の、感応荘という旅籠にいる女でした」

櫓下は三十三間堂の近くだ。その近辺には、女郎屋が集まっている。

感応荘、といわれても冬馬には、まったく聞き覚えがない。

「そらぁそうでしょうねぇ。冬馬の旦那はそのころ、まだ五歳くらいですからねぇ。それに、旦那はとてものこと女郎通いをするようには見えねぇ」

若干、馬鹿にされたような気もしたが、冬馬は素直にうなずいた。

「はい。五歳でしたら、知らなくて当然ですね」

「それに、感応荘はいまから十年前に、店をたたんでしまいましたから」

源助の相方となっていた女は、お妙といった。

よく笑い、女郎だとは思えないほど明るくて楽しい女だった、と源助はいう。

最初は、お妙は源助に対して、ただの客としか見ていなかったらしいが、いつの間にか、お互いただの商売の相手とは見られなくなっていた。

「あっしは、お妙の明るさに惚れたんですけどね」

「わかります。明るい人は、気持ちをなごませてくれますからねぇ」

「……奥方さまも、明るい人のようですね」

「はい、すこぶる明るい人ですね」

その返答に、源助は微笑んだ。いままで見たことがない源助の笑顔である。冬馬との会話で、少しは気持ちがゆるんできたのかもしれない。

「で、そのお妙さんとはどうなったんです」

相手が女郎では、そう簡単に一緒になれたとは思えない。

「へぇ、まぁ身を粉にして働きましたねぇ。弦十郎旦那にも、いろいろ便宜をはかっていただきました」

「それほど、父とは仲がよかったのですか」

「あっしの話を聞いて、親身になって力を貸してくれた、といったほうがいいかもしれません」

「そんな昔話があったとは、知りませんでした」

「女郎との恋話なんざ、小さい子どもには話さないでしょう」

やがて、お妙を無事に身請けすることができた。

しかし、源助はそこまで話を進めて、急に黙りこんだ。

怪訝な目で見ていると、

「身請けができたのはいいのですが」

「どうしたんです。不都合でも起きたのですか」

「すぐ後悔いたしました」

まだそのころ、源助はほんの下っ端であった。女ひとりを養うまでの力がない、と感じたらしい。

「ふたりでやりくりすれば、なんとかなったのではないですか」

「たしかにそうかもしれねぇ。でも、あっしは、お妙を説得して身請けしました。だから、苦労はさせたくねぇと考えていたんです」

「わからないでもありませんがねぇ」

そして、苛々（いらいら）するときが多くなったという。

「最初は、危険な捕物などをしたあとにお妙の顔を見ると安らいだのですが、そのうち、別の感情が芽生えだしたんです」

探索や捕物に危険はつきものだ。いつ大怪我をするかわからない。怪我だけで済めばいいが、命を取られる場合もあるだろう。このままでいることが怖くなって、いつも不安になってしまう。

お妙も、捕物のあとに源助が帰ってくると、たいそう心配するようになった。

そして会話がなくなり、お互い、そろそろ潮時かもしれないと考えた。

話しあいを進めるうちに、源助はきっぱり身を引こうと考えたらしい。

「まぁ、一緒に暮らしはじめてから、身を引くもなにもねぇんですけどね」

「それは、無駄な優しさだったのではありませんか」

冬馬の物言いは、はっきりしている。

「いまになって考えたらそうかもしれませんが。当時は、それ以外の答えは出ませんでした」

「若さは罪ですね」

「……旦那は、厳しい言葉をあっさりといいますね」

「ときどき、怒られます」

苦笑する源助に、冬馬はてらいもない。

「でもいまの話と、密偵たちを脅している話とは、どんな関係があるのでしょうか」

冬馬の問いに、源助はうなずいてから、話を続けた。

お妙は源助と別れたあと、ある大店の主人に見初められたという。

どこで出会ったのか知らないし、聞いたこともない。

別れたあと、お妙がどんな仕事をしていたのかも知らない。

だけど、女郎ではなかった、という。

そしていまから二十日ほど前、源助の長屋に、大店の内儀風の女が訪ねてきた。

果たして、それがお妙だった。

「助けて……」

いきなりお妙は、泣き崩れたという。

「なにがあったんだい」

いままでどこでなにをしていたのか、という問いかけもそこそこに、子どもがかどわかされた、とお妙は答えた。

「身代金を払え、といわれているのです」

「子どもの身代金くらいだったら……大店の主人なら払えるのではないか」

源助はしごく当然の疑問をいうと、

「それが……」

旦那には、子どもが誘拐されたことを内緒にしているというのだ。

「私の親戚の家に遊びにいかせている、ということにしているのです」

「旦那は、それに疑いはもたねぇのかい」

「私の言葉は信じていますから……」

お妙の顔には、苦渋と憔悴(しょうすい)の色が混じっている。

「なんだって、そんな馬鹿な真似を……町方にいうかどうかはともかく、旦那には一刻も早くいったほうがいいだろう。金を払うにしても、ほかの手段を使うにしても、金は使えたほうがいい」

「……それが無理なのです。誘拐は、私の過去を知っている者の仕業です」

「なんだって。過去っていうと……」

「あなたの女房だったことだけじゃなく、その前の女郎だったことも……」

いま、お妙はさる大店の内儀だが、過去は夫にも隠したままであるらしい。

「身代金を要求してきた文に、私の過去をばらされたくなかったら、五百両を払え、と書いてありました」

「……それだけなら、子どもを誘拐する必要はねぇだろう……」

女郎だった過去をばらされたくなければ、金を払え、と脅しをかければいいではないか。

その疑惑に対しては、

「以前、同じように、旦那にばらすという脅迫の文が送られたのです」

お妙は、目を伏せながら答えた。

「そのときは、どうしたんだい」

「苦渋の決断でしたが、結局、私は無視しました。もちろん、ばらされてしまえばおそらく離縁されるでしょうし、すべてを失いますが、それでも向こうのいいなりになってしまっては終わりだと思ったのです」

「なるほど、過去の脅迫だけでは、あんたは動かなかった。だから、子どもの誘拐をくっつけた、ということかい」

「旦那だけではなく、子どもにも過去を教えてやる、といってるのです」

旦那は嫉妬深いため、源助のことや女郎だった過去については、ひとことも話してはいない。いまさらと思うが、そんな話をされたら離縁は免れないだろう。そうなると、子どもとも離されてしまう。

そこまでは覚悟したが、子どもにだけは自分の過去を知られたくなかった。

過去の脅迫と子どもの誘拐が重なり、立ち向かう勇気をなくしてしまった。

だが、といって五百両の金など払えるわけもない。

「店のお金は、私のものではありません」

勝手に使うことはできないのだろう。

「しかしなぁ。金さえ払ったら、それで終わりだと思うがなぁ」

「それだけで済めばいいのですが……」

借金などして金を用意して払ったとしても、それで終わるとは思えない。しかも向こうが、いつお妙の過去をばらすともかぎらないのだ。

八方塞がりとなったお妙は、ふと源助のことを思いだし、藁にもすがる気持ちでやってきたという。

「卑劣な犯人たちですね」

小春は、憤りを隠せない。

冬馬にしても、子どもをだしに使うような輩は放ってはおけない、と源助に力を貸す約束をしたのである。

源助が密偵たちを脅していたのは、身代金を集めると同時に、ほかに大切な目的があった。

お妙の過去を知っているのは、源助とお妙の関係を知っている、かつての犬のひとりではないか、と疑った。

源助の女房だったことだけならばともかく、それが女郎時代のお妙と結びつけられるのは、数えるほどしかいなかったからだ。そのとき、日々の仕事で深くかかわっていた犬たちが、もっとも疑わしかった。

つまり、源助が脅していた密偵たちは、すべて昔からつながりのある古い者だけに限られていたのだ。

そして密偵たちに会った際、さりげなく情報を聞きだし、確かめていたのである。

「それで、怪しい者は見つかったのですか」

小春はそこが気になっている。

「源助親分に脅された犬のなかに犯人がいたとしたら、なんらかの動きがあるはずなんでしょうがねぇ」

「まだ、手がかりはないのですか」

「そうらしいですねぇ」

犯人は、密偵ではないのかもしれない、と冬馬はいった。

「それにしても、過去の脅迫と子どもの身代金との二重責めですねぇ」

小春は、かわいそうに……と涙を滲ませる。

すると、冬馬が思いついたように、

「小春さんと話をしていて、いい案が浮かびました」

「おや、それはどんな……」

「密偵たちを全員、捕縛してしまいます」

「そんなことができますか」

「やるのです」

といって、いっせいに検挙するわけではない。

「数名ずつ捕獲して、怪しい者を炙りだします」

「うまくいきますか」

「私には、才がありますからね」

「まぁ……」

小春は、頼もしくなってきた、と笑みを浮かべた。

「冬馬の旦那」

するとそこへ、音もなく佐助が部屋に入ってきた。

「冬馬さん……いろいろわかりました」

「こちらも、けっこう大事なことがわかってきましたよ」

冬馬は、源助が密偵たちを脅していた理由を語った。

「なるほど。そんな気がしていました」

「そういえば、佐助さん……密偵たちを見つけだしたのですか」

「ええ、まぁ」

「すごいですね、いったいどうやって……」

「ふふふ、それはまぁ、はっきりさせぬほうがいいと思います」

「……なぜです」

「ふふ、町方も人の子だからです」

「なんのことやら、わかりません」

旦那さま、ちょっと、といって小春が耳打ちをする。どうやら小春は絡繰り(からく)をすでに知っていたらしい。

「……なんと、奉行所に金をばら撒いたのですか」

「冬馬さん、そんなにはっきりいってはいけません」

佐助は忍び風にくぐもった声で応じてから、

「まぁ、蛇(じゃ)の道は蛇(へび)ともいいますからね」

そして佐助は、源助に脅された密偵たちのなかから、怪しいやつを三人ほど見つけた、と答えた。

「そうですか、ならばその三人を捕縛して、突ついてみましょう」

全員検挙がなくなってよかった、と小春は笑みを浮かべながら、

――今度のねずみ小僧の獲物は……さらわれた子どもですね。

心のうちでつぶやいた。

六

言動に疑惑のある密偵は、三人だった。

ひとりは、両国の茅こと、茅八という下っ引。

そいつと一緒に行動して、やはり両国を縄張りとして動いている麦太郎。

もうひとりは、深川の健太という男である。

佐助によれば、この三人はいつも一緒にいるらしい。

茅八は下っ引だが、麦太郎と深川の健太は遊び人だ。

まずは、茅八を詮議し、それから麦太郎と健太を調べることにした。お互い、口裏を合わせないようにしたかったからだった。

「源助がいろいろと動いているらしいが、その裏を知りませんか」

冬馬は、源助が裏切って、奉行所の裏情報を売っているのではないか疑っているといって、三人をそれぞれ呼びだした。

しかし、三人は同じように首を横に振った。

しかも口をそろえて、源助などという野郎とは会ったこともない、と答えた。

「そんなはずはないですけどねぇ。こちらは裏をきちんとっていますよ」

ていねいな物言いをする冬馬に、三人は面食らっていたようであるが、

「知らないものは知りませんねぇ」

三人とも白を切り続ける。

切れ者というにはほど遠い冬馬の態度に、三人は腹のなかで笑っているようであった。おのれに自信がある人間ほど、間違いを犯しても気がつかない。さらに冬馬は、さも困ったなぁという顔をしてから、

「そうですか、それならいいでしょう」

あっさりと三人を放免したのである。

あまりにも詮議が簡単だったので、三人は、かえっていろんな疑念を持ってしまったらしい。

陰険な目つきの茅八は、すぐさま麦太郎と深川の健太を呼びだした。聞いてみると、案の定、他のふたりも冬馬に調べられたという。

そこまでしたのに、冬馬の追及はそれほど厳しくはなかった。それがかえって気持ちが悪い、と茅八はいう。

「あの同心は、もともとあの程度の野郎だってぇ話だぜ」

深川の健太が笑う。

しかし茅八は、そう見せかけてるだけかもしれねぇ、と慎重だった。

そんななか、麦太郎はしきりと首を傾げていた。

どうしたんだ、と茅八に問われると、

「誘拐がばれたのもしれねぇ」

と厳しい目つきを見せた。

「あぁ、俺もそう考えているんだがな」

茅八は、うなずく。

「いずれにしても、呼びだされた理由は、疑いがかかっているからだろう」

麦太郎は、ふたりに視線を送る。

だが、相変わらず深川の健太は楽観的だった。

「やっぱり、それほど切れ者には見えねぇがなぁ」

「能ある鷹かもしれねぇ」

「そんな評判も聞いたことがねぇ。先代は、ちょっと怖い同心だったけどな」

父の弦十郎を知っている健太がいった。

たしかに、猫宮弦十郎はやり手だった、と麦太郎も同調する。当時のことが思いだされたのか、健太も表情を引きしめる。

その息子ならば、油断しないほうがいいかもしれねぇ、と最後には三人でうなずきあった。

「そういえば、あの源助がやってきただろう。いまは御用聞きも引退していて、小癪にも俺らを売ろうとしていたがなぁ」

「あぁ、あの野郎が来たことと、今回の呼びだしは、つながっているかもしれねぇな。単に、源助の悪徳ぶりが、同心側にもばれつつあるだけかもしれねぇが、用心するに越したことはねぇ」

茅八の言葉に、ふたりは反対はしない。

「子どもを移そう」

「それがいいかもしれねぇ」

茅八と麦太郎が目を交わす。

「でもなぁ、ここで動いたら、まずいんじゃねぇのかい」

麦太郎が慎重な言葉を吐くと、茅八は考えながら、

「それでも、このまま黙って見ているよりはいいだろう。もし源助とあの同心が裏でつながってるとしたら、俺たちはどんどん身動きがとれなくなっていくぞ。

まだ動けるうちに、動くべきだ。なあに、最終的に身代金さえ取れれば、文句はあるめぇ。ほとぼりが冷めて金が底をついたときには、またあの女を脅せばいいのさ」

最終的には、そうだな、とふたりも賛成した。

「わかった。じゃ、早く子どもを移そう」

そういって、三人は細かい段取りを決めはじめた。

「旦那……あんな簡単な詮議でよかったんでしょうかねぇ」

三人の詮議の手伝いをした民治は、不安そうである。

「あれでいいんです」

「ゆるすぎねぇかと思ったんですが」

「あれで油断してくれたら、そのほうがいいと思いますからね」

「そうですか。それなら旦那の腕を信じましょう」

最後は民治も得心する。

詮議には加わらなかった源助に、呼びつけた三人の名前を告げると、

「茅八ですかい。こいつは凶暴です」

「どんなやつなんです」

　民治の問いに、源助は答えた。

「茅八は、神奈川宿で頼まれ仕事として、殺し屋をやっていた男でさぁ」

「殺し屋……そんな男が密偵になれるのですか」

　冬馬は驚きながら問う。

「やつを使っているのは、火盗改の誰かですからね」

「なるほど……」

　火付盗賊改方ならば、そんな悪党を密偵に使っていてもおかしくはない。

　同心のなかでも、誰がどんな密偵を使っているのかは、ほとんどが秘密であった。そのため、それぞれ密偵の後ろにいるのが誰なのかは、はっきりしない。

　それでも、茅八が詮議を受けたとしたら、火盗改から苦情がくるのではないか、と民治は心配するが、

「そんなことをしたら、野郎が犬だとまわりにばれてしまう。だから、不服なんぞはいってこねぇよ」

　源助が断言する。

「ところで、茅八たちには、誰か張りこませているんですかい」

冬馬は、ある人を送りこんでいる、と答えた。

「ある人……誰です、それは」

「大丈夫、信用できる人ですから」

自信あるその冬馬の態度を見て、それなら心配はいらねぇですな、と源助もうなずき、

「つなぎが来るまで待ちましょうか」

「それがいいでしょう」

冬馬と源助、民治は、互いに目で確認しあった。


小春は、冬馬の計画を知って、なんとか自分が活躍できる場はないかと考えた。子どもを助けるためには、密偵たちの動向を探らなければいけない。

――でもねぇ、やつらがどこにいるのか……。

冬馬からそれを聞きだすわけにはいかない。しつこく質問をして、かえって疑問を持たれたら困る。

そこで小春は、冬馬を見張ることにしたのである。

まさか、小春に尾行されているとは夢にも思わないだろう。

ねずみ小僧だとも気がついてはいないのだから、当然である。その弱みにつけこもうとするのは気が引けたが、誘拐された子どもを助けるためだ。

気持ちを落ち着かせてから、小春は源助たちと会っている冬馬のあとを追っていたのである。

冬馬は、佐助が探しだしてきた三人を詮議するといっていた。

場所は、奉行所だろう。

小春は、呉服橋にある奉行所の前で、三人が放免される場面を見張っていた。

しばらくすると、いかにも目つきの悪い三人が、冬馬に礼を言って、奉行所から出てきた。

——あの三人ね……。

三人は歩きながら、こそこそと会話を交わしている。

同じ方向へ行くふりをして、三人のあとを追った。

会話のなかに、子ども、とか、身代金、という言葉が出てきた。どうやら誘拐の首謀者たちで、間違いないようだ。

声は聞こえてこなくても、口元の動きでだいたいの想像はできるのだった。

あとを追っていくうちに、やつらの力の関係が見えてきた。

月代がぼさぼさの男が、三人のなかでは首領格らしい。茅八と呼ばれている声が聞こえる。

深川の健太という男が、いちばん年下らしい。血気盛んな若者という雰囲気である。麦太郎という男は冷静な感じを受けるが、そのように静かな男がいちばん危険なのだ、と小春は警戒をする。

おとなしい雰囲気の男が、喧嘩になると豹変して暴力的になる場面を、ねずみ小僧として何度も見てきている。

三人は呉服橋から江戸橋を抜け、小網町に入っていく。日本橋を避けたのは、人の通りが多いからだろうか。

そこから安藤対馬守の屋敷を抜けて、さらに南にくだっていく。

湊橋を渡って、南新堀町に着いた。

大川の流れが見えている。

さらに、永代橋につながる豊海橋を見て左に曲がると、小さな船着き場が見えてきた。

そこに、猪牙舟がもやっている。

船に乗られたら困ると思って見ていると、船着き場の目の前にある、しもた屋風の家に入っていった。

どうやら、そこが根城のようである。

あの家に子どもを監禁しているのだろうか、と小春は三人の動きに目を向けている。

と、誰かに見られているような感覚を覚えた。

周囲を見まわすと、同じように周囲を見張っている男の姿があった。だがその目の先は、小春ではなく三人である。

冬馬が放った小者かもしれない。

小者が、茅八たちを追いかけてきたのだとしたら、

——旦那さまたちも、すぐここにやってくるわね……。

その前に子どもを助けようか、それとも夜になるのを待ったほうがよいか、と考えていると、

「あれは……」

三人を見張っていた小者が、すすすっと前に出ていく。

「佐助さん……」

小者は、なりきり若旦那の佐助であった。

顔を見られたかと思ったが、幸い、こちらに気づいた様子はない。

佐助が見張っていたのは三人で、小春ではなかったからだろう。

もう一度、佐助の動きに目を向けた。佐助は器用に、家のそばに伸びている木をのぼっていく。

三人の動きを、木の上から見張るつもりらしい。お得意の黒装束姿になっている。

家のなかから子どもの泣き声でも聞こえてこないかと耳を澄ますが、物音ひとつ聞こえてこなかった。

七

日が落ちて、周囲は暗くなりはじめている。人の顔も、はっきりとは見えなくなる頃合いである。

佐助は、まだ木の上からおりていない。

三人が家から出てくるまで、そこから見張るつもりらしい。

小春も似たような状況であった。

といっても、小春が隠れていたのは木の上ではない。家の横に道具小屋があるのを見つけ、そのなかにもぐりこんでいたのである。小屋の暗がりのなかで、すでに衣装を、ねずみ小僧の黒装束へと着替えていた。

戸の隙間から外の景色は見えていたが、暗くなると確認できなくなる。

このまま道具小屋にいてよいのか迷っていると、がたがたと音が聞こえた。

「出てきた……」

誰かが戸を開いている姿が、目に飛びこんできた。

出てきたのは、深川の健太だ。

一度、周囲を探り、後ろに控えているであろうふたりに合図を送る。すぐに麦太郎が出てきて、最後に茅八が、子どもを抱えながら姿を見せた。

「やはり、やつらが誘拐犯だった……」

目星は外れてはいなかった、と安堵しながら木の上に視線を向けると、葉が揺れていた。佐助がおりてきたのだろう。

子どもは眠らされているようである。薬でも飲まされたのだろうか。

十歳にも満たない幼子である。そんな子どもに眠り薬などを飲ませたら、命の危険もある。

道具小屋から出るきっかけを探っていると、佐助が影のように三人の死角に移動していく。

修行などしていない、ただの若旦那のはずなのに、忍びになりきるとそんな技まで使えるのか、と舌を巻いた。

依然として子どもが目覚める気配はない。むしろそのほうが恐怖を感じず、いいのかもしれない。

佐助はまだ身をひそませたまま、三人の動きを見ているようだ。手裏剣を飛ばす機会を待っているのだろうか。

ねずみ小僧が出たときに、佐助はどんな行動をとるだろうか。

冬馬は、ねずみ小僧を狙っている。父親から引き継いだその気持ちを知れば、佐助も手助けしたくなるかもしれない。

一方で、忍びの佐助にとってみれば、ねずみ小僧は敵ではない。

「それなら姿を現わしても、大丈夫かもしれない……」

小春は、そう結論づけた。

小春の狙いは、茅八たちを捕縛することよりも、子どもを無事にお妙さんに届けることだ。佐助の邪魔をしなければ、黙認してくれるのではないか。

と、そこで子どもが、かすかに目を開いた。

茅八に抱えられている自分の姿に驚いたのだろう、わぁ、と泣き声をあげた。

「うるせぇ」

深川の健太が、子どもの頭を殴る。

「やめろ、馬鹿。怪我したらどうする」

茅八の言葉に、健太は舌打ちを返して、

「こんな坊主、怪我しても死んでも、困らねぇよ」

どっちにしろ金は払ってくれるだろう、と文句をいった。

茅八は、死んだら捨てる場所に困るからいってるのだ、と叱りつけた。

そのとき、子どもがさらに大きな声で泣きはじめた。

その声をきっかけにしたらしい。

佐助が、物陰から飛びだした。

左手の上に手裏剣を乗せると、しゅしゅしゅと投げ飛ばす。

冬馬の部屋のなかではきれいに飛んだが、距離があるからだろう、一枚も命中せず、飛んでいく先はばらばらだった。

三人はなにが飛んできたのか驚いていたが、

「なんだい、明後日のほうに行ってしまったぜ」

しかし、誰かに見つかった事実には気がついたらしい。

「逃げろ」

茅八の言葉で、麦太郎と健太は駆けだした。

「子どもをどうする」

「人質として連れていく」

茅八は子どもを抱え直して、叫んだ。

「やい、誰か知らねぇが、よけいなことをすると、こいつの命はねぇぜ」

佐助の手裏剣が止まった。


出ていくならいまだ、と小春は思った。

佐助は手裏剣を飛ばすのをやめて、隠れたままだ。さすがに、剣術修行はしていないからだろうか、それともなりきるのが忍びだからか、姿は現さずにいる。

「ちょっとあんたたち」

日は陰り、お互いの顔も判別が難しい刻限になっていた。

「誰だ……」

三人は突然の声に、警戒をあらわにする。

お互い顔を見あって、いまのはなんだ、と訝っている。

「ここだよ、こっち」

小春は大きな男の声を放ってから移動しつつ、何度も、こっち、こっち、と呼びかけた。

「くそ……誰なんだ」

きょろきょろする三人に向けて、石礫（いしつぶて）を投げた。

佐助の手裏剣はあらぬ方向へと飛んでいったが、小春の石礫は正確に飛んでいく。ひとつが、健太の頭に当たった。

いてぇ、とその場にしゃがみこんだ健太を、麦太郎が抱き起こして、

「こんなところにいちゃ、だめだ。逃げるぞ」

茅八は子どもを肩に担いだまま駆けだした。

大川に向かうつもりらしい。その先には、猪牙舟がもやっている。

船に乗る前に、子どもを茅八から奪い取らなければならない。先まわりしようかと動きはじめると、佐助が大川に向かって走りだした。

しゅ。

手裏剣が、猪牙舟に向けて飛ばされた。数枚飛ぶ軌跡が見え、そのうち一本が船縁に当たった。

その程度で、船が沈むとは思えないが、三人の気持ちを変えるには十分だったらしい。

誰かの声が聞こえて、三人は大川とは反対方向へと向かいだした。

そのときである、

「船はだめだ」

「ねずみ小僧がいた、追え、追え」

冬馬の声が聞こえてきたのである。

さきほどまでの騒ぎを、通りすがりの者に見られたのかもしれない。

知らせを受け、あわてて駆けつけてきたのだろう。

冬馬は、一緒にやってきた源助と民治に、茅八たちを追え、と命じてから、自分は十手を振りまわしつつ小春のもとへと走ってきた。

そのまま逃げるわけにはいかない。子どもを助けなければいけないからだ。

小春は、茅八の行方を探した。

逃げる姿を茅場町方面に見つけ、冬馬から離れながら、茅八のあとを追った。

茅場町から小網町へと逃げる三人の姿が、ばらばらになりそうだった。ひとりずつ逃げる算段らしい。

茅八の居場所を探っていると、

「ねずみ小僧さん、私に任せて……」

後ろから聞こえてきたのは、佐助の声である。

驚いていると、佐助は懐に手を入れた。

「手裏剣より、こっちのほうが効き目はあります」

そういうと、佐助は小判を左手に数枚載せて、しゅしゅしゅしゅ。

小判が三人に向けて飛んでいった。

「ねずみ小僧が小判をばらまいているぞ」

佐助が大きな声で叫び続けると、長屋の戸ががたがたと音を立てはじめた。武家屋敷からも、人が出てきた。

「小判だ、小判だ。ねずみ小僧からの恵みの小判だぞ」

さらに佐助は、逃げてる三人を捕まえてくれたら、ねずみ小僧から褒美(ほうび)が出るぞ、と叫ぶ。

その声はあっという間に、近隣に響きわたり、茅八は思わず足手まといの子どもを投げ捨てていた。深川の健太は、間抜けなことに小判を拾っているうちに、御用になった。麦太郎も町人たちに囲まれ、どこぞの武士に肩を切られてうずくまってしまった。

逃げ続けているのは、茅八だけである。

小春は、道端に投げ捨てられている子どもを抱えて、

「もう大丈夫ですよ」

優しく声をかけた。

冬馬は、いまはねずみ小僧よりも茅八を召し捕ろう、と源助と民治に告げる。

茅八は、小判を拾いに集まった人混みのなかで、とうとう逃げ場を失い、立ち尽くしていた。

冬馬は、茅八の前に出て叫んだ。

「犬なら犬として生きていれば、よかったのにねぇ」

「やかましい。うすのろは引っこんでろ」

茅八が冬馬に襲いかかった。十手を振りまわしながら逃げようとするが、形勢は不利である。

しゅ。

しゅ。

そのとき、また空を斬り裂く音がした。

茅八めがけて飛んだのは、小判と石礫である。小判は茅八の盆の窪に当たり、石礫は喉仏をしたたかに打っていた。

わけもわからず身を伏せた冬馬が、恐るおそる、後方のねずみ小僧を見た。

「ねずみ小僧が私を狙った……」

小春は苦笑してから、

「狙ったのは、茅八の喉ですよ。冬馬の旦那は絶対に狙わないから、どうぞご安心を」

「そんな馬鹿な……ということは、ねずみ小僧が私を助けてくれた……」

力が抜けている冬馬をよそに、佐助が小春に近づき、ささやいた。

「奥方さま……いや、ねずみ小僧さん。私はこれでいなくなりますから、大丈夫です」

はっとして小春が注視する間もなく、佐助は次に冬馬のもとへ駆け寄った。助け起こすようにして、冬馬をなだめる。

「ねずみ小僧は、義賊です。人の命は狙いません」

ううむ、と冬馬が唸っている間に、小春は子どもをそばにいた町民にあずけて、安藤家の屋根にのぼっていく。

「また逃げられました……」

冬馬が悔しそうにすると、あざやかな三日月とねずみ小僧の姿が、屋根で重なりあっていた。

第三話　秋　剣

一

小春は、ため息をついていた。

子どもを助けたときに、佐助が寄ってきて、ささやいた言葉が忘れられないのである。

「奥方さま……いや、ねずみ小僧さん。私はこれでいなくなりますから、大丈夫です」

——ばれていた……。

佐助は、茅八たちを見張っているとき、小春がそばにいたことに気がついていたのだ。だからこそ、奥方さま、という台詞を吐いたのだろう。

——困りました……。

夏絵に相談をしようかと考えたが、そんなことをしたら、

「いますぐ、あのぶっとび男と別れなさい」

そういわれるに違いない。

当然だが、別れるくらいならねずみ小僧をやめるつもりだ。

しかし、いまはどちらも選択したくはなかった。

――佐助にばれているとしたら。

若旦那はすべてを知っていることになる。冬馬にうっかり真実を語ってしまったら、ふたりの仲はそれまでだろう。

どうしたらいいのか、と小春は、眠れない日々が続いているのだった。

「小春さん、どうしたんです」

冬馬は、小春の異変に気がついていた。

ときどき、じっと見つめたり、首を傾げたりと怪訝な視線を送られていたが、できるだけ会話を避けていたのであった。

「……なにがですか」

「近頃、私を遠ざけていませんか」

「まさか、私が旦那さまを避けることなどありませんよ」

にこりとしてみせても、その顔はどこか引きつっていたに違いない。

「そうですかねぇ……」

なにか変だなぁ、と冬馬は続ける。

小春としては、なんとか冬馬の気持ちをよそに向けさせたかった。

「旦那さま、最近は若旦那は来ませんねぇ」

「……どうですかねぇ。猿飛佐助からほかに変わってしまったのでしょう」

佐助が消えたあとも、千右衛門が置いていった十両包みは棚の上に置かれたままであった。

隙を見せると、すぐに夏絵が自分の懐に隠そうとするので、そのたびに小春は釘を刺していたのだ。

「……で、今度はなにに使うつもりなんだい」

夏絵が尋ねてくる。

「子どもを助けたときに、身体の熱が感じられました」

「そらぁ、あんた。子どもは熱が高いからねぇ」

「そのときに、思ったのです」

「なにを」

「江戸には、孤児がたくさんいますね」

「あぁ、あちこちの町内で育てられている子どももいるけどね。助けてくれる大人がひとりもいない子も、多いだろうよ」

「まわりが育ててくれる子どもは幸せですが……」

「なにをするつもりなのかねぇ」

夏絵は、小春の気持ちを推しはかりかねている。

「子どもを抱えたときに、ぴんときました。親と別れて身寄りのない子どもを、どこか一箇所に集め、せめて生きていけるようにしたいのです」

「そんなことをしてどうするんだい」

「そういう不憫（ふびん）な子どもたちを、助けたいのです」

「また、おかしなことをいいだしたもんだねぇ」

小春が考えたのは、親兄弟や親類、助けてくれる大人のいない不幸な子どもたちを救済するという、遠大な計画だった。お金さえあれば、寺や分限者（ぶげんしゃ）なども話を聞いてくれるだろうし、それ用に家を建ててしまってもよいのだ。

「若旦那からいただいたお金は、そのために使います」

あぁ、と夏絵は天を仰いで、

「ねずみ小僧が描くような話ではないね」

「そうでしょうか。ねずみ小僧は義賊なんでしょう」

「それは……世間が勝手に呼んでるだけだよ」

しょせん、自分たちはただの盗人なのだ、と夏絵はいいたいのだった。

小春は冬馬の気持ちをやわらげるためと思って、孤児たちを助ける計画について相談をしてみた。

「それはいいですねぇ。江戸には親のない子があちこちにいますからね」

「そうなのです」

「でも、どうしてそんな考えにいたったのですか」

「それは、子どもを……」

まさか、誘拐された子どもを抱えたときにぴんときたとはいえない。

怪訝な目つきをする冬馬を見て、小春はあわてながら、

「いえ、この前、お妙さんの子どもが助かったと聞いたときに、ふと思いついたのです」

「へぇ……」

「親のない子たちを集めて、助けてあげたいと……」

「なるほど、それはいい考えです」

「そう思いますか」

「もちろんです。そういえば」

冬馬が、遠い目をする。こんなときは、小春との過去を思いだしているに違いない。

「なにか思いだしましたか」

「はい。小春さんは出会ったころ、子どもが好きだといいましたねぇ」

「そうかしら」

「いいましたよ。それで私は、まだ早い、といいました」

あぁ、と小春も思いだした。

あれは……。

「口を吸うのは、もっとあとにします」

「……冬馬さま。まだ、私たちはそんな仲ではないのですから、その件については、二度と口にしないでください」

「そうですか。でも……」

「だめです」

「しかし、好きあっていれば……」

「ですから、私たちはまだ好きあっているわけではありませんから」

「え……私は、小春さんが大好きです」

「私は、まだそこまでいいきれません。だいいち、お会いしてから、まだ数日ですよ。そんな気持ちになれるわけがありません」

「大丈夫です。私は待ちます」

なにをいっても、待ちますと繰り返す冬馬に、辟易している小春だったが、

――いつかは、そんな間柄になる日が来るのでしょうか。

冬馬ののんびりとした顔を見つめて、思わず、くすりとしてしまう。

あの顔がいつか自分に迫ってくるのか、と考えると、笑いがこみあげてくるのだった。

「おや、小春さん、楽しそうですね」

「はい、あることを考えましたから」

「あること、とはなんですか」

「いえません」

「ははぁ、私にはいえないようなことですか」

「もっと親しくなったときには、いえるかもしれませんけどね」

「では、親しくなりましょう」

迫ってきた冬馬の胸を、どんと突いて、

「まだ、だめです」

「……待ちます。私は待ちますから。まだ、ということは、まったく気持ちがないということではありませんから。祝言まで待ちます。そうだ、小春さんは子どもが好きですか」

「そうですね、好きですよ」

「では、そのときに」

「なにがそのときなのです」

「いえ、それはまた日をあらためて、お話ししましょう」

そういうと、冬馬は離れていったのである。

後ろ姿を見ながら、冬馬はなにをいいたかったのか、と考えてみる。

――そうか、ふたりの子どもが欲しい、といいたかったのかもしれない。

どうせ、そんな話をしても、小春に早すぎると拒否されると思って、やめたのだろう。

つい、ふふっと笑みが浮かび、小春の心は晴れやかになっていたのである。

にやにやしている小春を見て、冬馬はつぶやいた。

「小春さん、なにか思いだしていましたね」

「はい」

「私と同じですね、たぶん」

「そうでしょうか」

「そうです。試しに話してみませんか」

「だめです」

「だめですか。まぁ、思い出はたくさんありますからねぇ」

「でも、ひとつは思いが成就しましたね」

「……なにがです」

「ご自分でお考えください」

「わかりました」

「……まぁ、早いこと」

「はい、父の跡を継いで、北町の定町廻り同心になれました。それは、子どものころからの願いです」

「……おめでとうございます」

「はい」

――やはりこの人は、ぶっとび同心かもしれない……。

二

「人を斬るより、人は活かさねばなりません」

「……な、なんですかいきなり」

差配の千右衛門がやってきたのは、若旦那はどうしただろう、と話をしていた翌日だった。

そして若旦那は、座ったと思ったら、いきなりそんな台詞を吐いたのである。

ずっとうつむいたままで、どんな表情をしているのかもわからない。

「今度は、誰なんですか」

小声で冬馬が、千右衛門に尋ねる。

「それが、私にも判断できないのです」

「若旦那……」

冬馬が声をかけると、

「十兵衛と呼んでください」

誰なのだ、十兵衛とは……。

すると夏絵が、助け船を出す。

「ふん、おおかた、柳生十兵衛ではないのかい」

そこで若旦那が、伏せていた顔をあげた。果たして、左目を紐をつけた小銭で覆っていた。

「どうして、柳生十兵衛なのです」

「さぁ、それがわかれば苦労はしません」

誰になりきるかは予想できないし、いつ病が発症するのかもわからない、と千右衛門はいうのだった。

すると、夏絵が笑いながら、

「柳生十兵衛は、いま読本のなかでは一番人気なんだよ」

「そうなんですか」

「あんたたち知らないのかい」

知っているわけがない。どうして夏絵はそんなことばかり知っているのか、そのほうが不思議である。

冬馬は、夏絵を見つめた。

若旦那の訪問をいちばん喜んでいるのは、夏絵かもしれない。千右衛門がそっと置いていく十両を、いつか自分のものにしたいと狙い定めているからだ。

柳生十兵衛は、江戸初期の寛永の世のころの剣客だ。柳生石舟斎(せきしゅうさい)や宗矩(むねのり)よりも強いといわれるほどである。

そんな剣客になりきって、本当に刀を振るう機会が訪れたらどうするのだろうと思うが、小春はそれよりも、若旦那の目が気になっている。

猿飛佐助だったころの若旦那は、小春がねずみ小僧だと気がついていた。

十兵衛になりきっても、その事実は忘れないのではないか。

「あのぉ……」

小春は、思いきって聞いてみることにした。

「差配さん。若旦那……いえ、十兵衛さんは、佐助さんだったときの日々は覚えているのですか」

「それがはっきりしません。覚えている場合もあり、忘れているときもあるようです」

「その違いは、どこで現れるのでしょう」

「それも、はっきりいたしませんので……」

なにもわからず、すみません、と千右衛門は頭をさげると、

「佐助とは何者です」

いきなり、十兵衛が膝立ちになった。腰にさげた刀の柄に、手が伸びている。

片目は爛々と輝き、その姿はたしかに、剣客、柳生十兵衛であった。

「その名は、真田の……猿飛佐助……敵は斬らねばなりません」

「ち、ちょっと待ってください」

時代が出鱈目(でたらめ)ではないか、と冬馬がいうと、

「読本の間では、そんなことは関係ないんだよ」

またもや夏絵が、大笑いする。

「十兵衛さんが活躍するような探索事は起きていませんよ」

すると、十兵衛がまたつぶやいた。

「人の乱れは、世の乱れなり」

わかったような、わからぬようなつぶやきである。

とりあえず落ち着かせようと、冬馬は説得をはじめた。

「殺しも、起きてはいません」

「人の命は大事だ。むしろ、喜ばしいことではないか」

「……まぁ、そうでしょうねぇ」

「私は、人を育てたい」

「人を育てるとは……」

「剣客を作るのだ。人を斬らぬ剣豪を作りたい」

「人を斬らぬ剣豪とは、なんです」

「近頃の剣術は、人を斬る方向に向かいすぎている」

「そうなんですか」

「武蔵どのがそういうておった」

「武蔵とは……宮本武蔵ですか」

「それ以外にいるのならば、教えてもらいたい」

ぎろりと片目が光る。若旦那の目なのか、十兵衛の目つきなのか、はたまた武蔵の目なのか、冬馬には判断不能である。

「もう一度いうが、事件はどうでもよい」

「では、どこの誰を育てたいというのですか」

「子どもである」

「子どもとは」

「おぬしは、子どもを知らぬのか」

「いえ、そうではなくて。何歳くらいの子どもを育てたいのか、とお聞きしたいのです」

「そうであるな……ちょうど九歳ではどうだ」

「ちょうどで九歳とは、これいかに」

「堅いことをいうものではない。旗本はどっしりとかまえておらねばならんぞ」

「それは失礼いたしました」

同心は旗本ではない、といおうとしてやめた。なにをいっても無駄であろう。

「それなら、私がお子さんを連れてきましょう」

「……おぬしは何者だ。女剣客か」

小春は、思わず十兵衛を見つめる。女ねずみ小僧か、と問われるのではないかと危惧したからであった。

しかし、十兵衛は、ねずみ小僧については、ほとんど忘れているような雰囲気である。

そうして千右衛門が、帰ります、といったとき、

「ああ、では拙者も……」

十兵衛も立ちあがった。

ねずみ小僧については、ひとことも言及せずに帰っていってくれた。

――助かった……。

最初は、どうなることかと気に病んでいたが、どうやら都合よく忘れてしまっているようであった。小春は思わず、安堵のため息をついた。


ふたりが帰っていくと、冬馬が小春をじっと見つめた。

柳生十兵衛への変身にも驚いたが、小春が、自分で子どもを連れてくる、という言葉にも驚かされたのだ。

「十兵衛さんが育てるという子どもについてですが……あてがあるのですか」

冬馬の問いに、小春は首を傾げながら、

「さぁ、いまのところありませんけどねぇ」

「それなのに、どうして自分が連れてくるといったんです」

「あのときは、そういわなければいけないような気がしました」

「十兵衛の迫力に、持っていかれましたね」

「そうかもしれませんねぇ」

正直な話、若旦那の目を見ているのがつらかったのだ。

佐助なのか、十兵衛なのか、はっきり判断できず、ねずみ小僧である事実をばらされるのではないか、と戦々恐々としていた。

「冬馬さん……どこか、孤児がいる場所は知りませんか」

「さぁねぇ。普通に考えればお寺か名主(なぬし)さんあたりでしょうが、そのへんの長屋の人たちに聞いたほうが早いかもしれませんね。それに、べつに孤児でなくてもいいと思いますよ」

「そうですねぇ」

しかし、小春は孤児にこだわりたい。

どうせ剣客などに育てるのであれば、いま現在、恵まれてない子どもを救いたい、という気持ちがそうさせているのである。

「誰かに相談してみましょうか」

「千右衛門さんが助けてくれるかもしれません」

そうですね、と小春はうなずいた。

「差配さんなら、顔も広いでしょうからね。身寄りのない子どもを、どこかの長屋の人たちが共同で育てているかもしれません」

「では、一緒に訪ねてみましょうか」

はい、と小春は応える。

しかし、十兵衛の存在にはまだこだわりがある。

そんなに都合よく、佐助のときの記憶を忘れてしまうものだろうか。そこが気になってしかたがない。

「ところで、十兵衛さんの住まいはどこなんでしょう」

「さぁ。十兵衛の正体は、どこかの若旦那ですからね」

「ということは、その大店に住んでいるのでしょうか」

「そうだと思いますが……十兵衛さんに会おうとしているのですか」

「いえ、ただ、ちょっと気になっただけです」

冬馬は怪訝な目つきを隠さない。小春の態度がおかしいと感づいているのだ。

小春としては、十兵衛が差配と一緒にいたら困るのだ。

そのために、住まいはどこだろうと気になったのであるが、その事実を伝えることはできない。おかげで、はっきりしない態度になってしまう。

それでも冬馬は、とにかく差配の家を訪ねてみようと、立ちあがった。

千右衛門が差配をしている長屋は小伝馬町だが、住まいは堀江町だ。

八丁堀の組屋敷から出た冬馬と小春は、江戸橋に出て掘割を渡り、小網町から堀江町に入った。

千右衛門の住まいは、裏店ではなく、表店である。

一階は組紐を売る店で、二階が住まいだった。

間口は五間ほどあるから、それなりの商いはしているようだった。

ふたりが顔を見せると、千右衛門は驚いている。

「冬馬さま、奥方さまもご一緒に……どうなされました」

なにか起きたのかと不安そうな顔をする。

「いえいえ、今度は、私たちがお願いにうかがいました」

「はて、どんなことでしょう」

十兵衛の件でしょうか、と問う。

「あんなおかしな若旦那を押しつけてしまい、申しわけありません」

「いえいえ、私は楽しいですよ。ねぇ、旦那さま」

小春が笑いながら、冬馬を見つめる。

「あ、まぁ、楽しいといえば、楽しいですね」

「探索の力にはなっていますでしょうか」

「はいはい。十分、戦力になっています」

「それを聞いて安心いたしました。とんでもない邪魔になっているのではないかと、両親ともども、気にしていたのです」

「ご心配なく。それよりお願いがあります」

なんなりと、と千右衛門は応じた。

「じつは、さきほどの十兵衛さんの話ですが」

「はい……剣豪を育てたいという件ですね」

「私が、その子どもを連れてくる、と胸を張ったのですが」

小春が困り顔をすると、

「ははぁ……そのあてがない、と」

苦笑しながら、千右衛門はうなずいている。

「そうでしょうねぇ。あんな話を持ちだされても、すぐに塩梅のいい子どもを連れてくることなど、できませんよねぇ」

「そこで、ご相談なんですが」

「わかりました。ちょうど心あたりがあります」

「話が早くて助かります」

「浅草の観音さまの迷子石に貼りつけようかと思っていた、迷い子がいるのです」

数日前、子どもがふらりと町内に現れた。おそらく十歳は越えているだろうが、本人に聞いても、名前は正吉と答えただけで、年齢はわからないという。

十軒店を歩いているときに、親とはぐれてしまった、というのである。

しかも、住まいがある町名や、親の名前を聞いても、本人は覚えていないという答えであった。

「親の名前を忘れてしまったというのですか」

「心底から驚くような出来事に遭遇すると、記憶を失ってしまうという病はあるそうですが……」

「嘘ではありませんか。そんな簡単に、人は記憶をなくさないでしょう」

冬馬が不躾にいうと、小春にぽんと膝を叩かれた。

三

とりあえず、子どもがいるところまで一緒に行きますか、と千右衛門がいってくれた。

ひとまず正吉は、近所の長屋のご隠居のところに居候しているというのである。

「そのご隠居さんは、どんなお方なのです」

小春が心配そうに尋ねた。

今後、長い付き合いになるかもしれない、と感じたからであった。

もし、孤児たちを住まわせる、お助け小屋のようなものを造ることになれば、いろんな人たちの力が必要になるだろう。

このようなときに居候させてくれるご隠居ならば、今後も手助けしてくれるに違いない。

「はい。以前は、どこぞに仕官していたお侍さまです」

身元はしっかりしているから問題はない、と千右衛門は太鼓判を押す。

そんな方なら心配はいりませんね、と小春は笑みを浮かべた。

と、冬馬がまたもやよけいなひとことを発した。

「なるほど、ようするに、暇人が子育てをしているわけですね」

「まぁ、子育てといいますか……面倒を見てくれているといったほうがいいでしょうねぇ」

小春が冬馬を睨んでいるが、冬馬は追及をやめない。

「そのご隠居さんの名前は、なんというのです」

「はい。狩山栄之助さんといいます」

「狩山さんか……」

「おや、冬馬さま、ご存じなのですか」

「いや、初めて聞きました。ですが、どうして狩山さんは、見ず知らずの子どもの世話を焼くのでしょうね」

自分で疑問を語りながら、うんうんとうなずく。

そうか、わかったぞ、と冬馬は叫んだ。

「おそらく、その狩山某は、昔、子どもを捨てたのではないですか」

「えっ……そうなのですか」

「子どもを捨てた後悔の気持ちを、正吉の面倒をみることで、埋めあわせをしているのではありませんか」

「そんな話は聞いたことがありませんけどねぇ」

「私が確かめてみましょう」

「旦那さま、おやめください」

さすがに小春が、冬馬をぴしりと制する。

「差配さん、すみませんねぇ。うちの旦那さまは、人とちょっと変わっているものですから」

千右衛門は苦笑しながら、いえいえ、気にしないでください、と答えた。


狩山栄之助は、隠居というにはたいそう若く見えた。

おそらく四十なかばくらいであろうが、まだ三十代といっても、十分に通るだろう。顔色はつやつやしていて、ご隠居という呼び名とは似ても似つかない。

それでもみながご隠居さんと呼ぶのは、そう呼んでくれと本人に頼まれているからだった。

どうしてそんな呼び名を選んだのか、誰も理由については聞いていない。

疑問に感じた冬馬は、さっそくずばりと問いかけた。

「とてもご隠居には見えませんが、なにか悪いことをして、早めに隠居したんですか」

「ははは、この町方の人は、なかなかおもしろい」

「そうでしょう。いつもいわれます。それに、私には才があるし、おもしろい男なのです」

　またまた栄之助は、大きな口を開いて笑い転げる。

「そこまでいうのは、本当に才がなければできないかもしれぬのぉ」

「そうですか。やはり私には、才がありますか」

「あるな。間違いない」

　千右衛門が、正吉はどこにいますか、と見まわすと、さきほど近所の子どもたちが呼びにきて、遊びにいった、と栄之助は答える。

　そんな遠くまでは行ってないはずだ、と付け加えた。

　これにまたもや冬馬が噛みついた。

「子どもの面倒をみてるのに、どこに行ったのか知らないのですか」

「できるだけ、のびのびとさせておきたいのだ」

「手抜きではありませんか。これで、正吉がかどわかしにでも遭ったらどうするおつもりです」

「ふうむ、この町方は、本当に才があるのか、ぶっとんでいるぼんくら男なのか……判断が難しいお人のようだ」

すると、小春が栄之助に深々と頭をさげ、

「申しわけありません」

本気で困っている小春を見て、栄之助のほうが恐縮する。

「あいや、奥方さまでしたか。こちらこそ失礼ないいようをしました。許してほしい」

「いえいえ、こちらこそ」

ふたりのやりとりが続いている間に、冬馬の姿は消えていた。

気がついた小春が、栄之助の住まいから飛びだして冬馬を探すと、子どもたちと輪になって、なにかを取り囲んでいるところであった。

小春が近づくと、冬馬は石を持って、いまにも投げようとしている。

「旦那さま、なにをしているのです」

「この子が正吉です。教えられて、これからあの石に、この石をぶつけるところです」

「まあ、子どもたちと一緒になって遊んでいるのですか」

「私は、剣豪に育てることはできませんからね。だけど、一緒に遊べます」

小春は、正吉に目を向けた。

色白で、目がくりくりしている子どもだった。まわりで遊んでいる活発な子どもたちとは、あきらかに雰囲気が違う。

——この子は、ただの迷子ではなさそうね。

小春は、腕も身体も細く、どこか頼りなげな正吉の姿を見て、かすかに不安を覚えているのだった。

その違和感を、狩山に話していいものかどうか、考えてしまった。

冬馬に感想を聞いたところで、

「それはどういう意味ですか」

そんな応対しか返ってこないだろう。冬馬には、よくも悪くも人と同じ視点に欠けるところがある。しかし、それは普通の人とは異なる視点を持っているということだ。それを小春は、才があると称しているのだが、

「正吉に対しては、その才を発揮することはできないでしょうねぇ」

ついそんな言葉をつぶやいた。

しかし、冬馬は冬馬で、正吉に対して、別の見方をしていたらしい。

「小春さん、正吉と少し遊んで気がついたことがあります」

「おや、それはどのような」

「正吉は、頭がおかしい……」

「はて、それはどういう意味でしょう」

「そのへんの子どもが普通に知っている遊びや、有名な講談に出てくる人物などを、まったく知らないのです」

だから頭がおかしい、といいたいらしい。

「それは、頭がおかしいのではなく、生まれた家で子どもらしい知識を入れてこなかった、ということではありませんか」

「なるほど、家の者の頭がおかしいんですね」

「いえ、そうではなくて……」

「わかっています。長屋育ちではない、と言いたいのでしょう」

「そうです、そうです、長屋育ちではない、そのとおりですね。やはり旦那さまには、才があります」

へへへ、と冬馬はおかしな照れ笑いを見せる。

ときどき、冬馬はこうやって、照れた笑みを浮かべることがある。

小春は、そんなときの冬馬が好きだった。まったく屈託のない表情が好ましく覚えたのであった。

冬馬の笑いを見たら、突然、小春の頭に過去がよみがえった……。


「小春さん」

富沢町にある夏絵と小春の長屋に、またもや冬馬の声が響いた。

夏絵は、今日で出会ってから四日目だよ、とうんざり顔をする。

「こうも毎日来られるのは迷惑だって、しっかり伝えてくるんだよ」

はい、と返事はしたものの、小春にその気はなかった。

二日目くらいまでは、ずうずうしい男だと思っていたのだが、冬馬が見せる毛色の変わった言動に、興味が湧いていたからである。

——もしかしたらあの方は、とんでもない才を持っているのかもしれない。

そんなことまで考えてしまう。

といって、好きになったという意味ではない。惚れるほどの期間は経っていない。

でも、と小春はおのれに問いかけた。

人を好きになるのに、期間が必要なのだろうか。

――そうともかぎらないわね。

こんなことを考えるのは、冬馬のことが好きになってしまったからだろうか、と自問するが、それはまだだ、と頭のなかが答えていた。

「毎日、毎日、ご苦労さまです」

静かに待っている冬馬の前に立った小春は、ていねいにお辞儀をする。

「まだ四日目ですから、それほど苦労はしていません」

「そうですか。でも、こちらに見廻りの御用がそれほどあるとは思えません」

「なければ作るだけです」

「まぁ、それはいいお考えですこと」

「私も、そこに気がついたときは、いい思いつきだと嬉しかったですねぇ」

「それはようございました」

「はい、ところで……」

「なんです」

「まだ、私は待たなければいけませんか」

「なにをです……あ……」

「はい、例のあれです」

「冬馬さま……」

「はい、なんでしょう。そろそろお許しいただけるのですか」

「違います。今度、その話を持ちだしたら、二度とお会いしませんから、そのおつもりでいてください」

「はて、どうしてです。それは悲しい……」

「どうしてでもです。いいですね。指切りをしてください。できなければ、これで終わりです」

冬馬は悲しそうな目つきで、わかりました、と頭を垂れて、指切りをするのだった。

「小春さん、どうしたんです。終わりです、とは」

冬馬に話しかけられ、物思いに耽(ふけ)っていた小春は我に返った。

「あら、私、いまなにかいいましたか」

「もう、会えません、といいました。それは誰と会えないということですか。気になって、眠れなくなってしまいます」

「いいのです、お忘れください」

「忘れることなどできません」

「わかりました。では、教えます」

小春は、いま思いだしていたのは、ふたりが出会ってから四日目の会話です、と頬を染めるのだった。

四

冬馬や小春が観察したとおり、正吉は他の子どもたちとは一風変わっていた。

どこか大人びたところを見せることがあり、普通の家の子どもではないような雰囲気を醸しだしている。

ひとまず、栄之助と一緒に、正吉を屋敷まで連れてきた。

そのあと、剣豪として育てるに値する子どもがいました、と千右衛門から十兵衛に連絡した。

十兵衛はさっそく冬馬の屋敷に現れ、正吉の品定めをする。

「剣豪になりたいか」

「わかりません。剣豪とは、そもそもなんですか」

「ふむ、なかなかできた答えだ」

そばで聞いていた冬馬は、どこができた答えなのだ、と呆れているが、十兵衛は満足したらしい。

「人を斬る術を知りたい、という子どもより、よほどましである」

十兵衛はそういうと、正吉を鎌倉河岸の河原に連れていく。

初めてということもあり、冬馬と小春も付き添った。十兵衛は、来るな、とはいわなかった。

すると、ご隠居の栄之助も、私も行きたい、と望んだのである。それに対しても、十兵衛に否はなかった。

朝夕の鎌倉河岸は、石舟や野菜などを積んだ船が停泊していることもあるが、いまは刻限から外れているせいだろう、閑散としている。

そんな場所での、十兵衛による初めての講義であった。

「おまえは、自分が何者かわかっておるか」

いきなり、そんな質問を浴びせた。

「わかりません……」

そんな質問を子どもがされたところで、答えられるわけがない。

ご隠居の狩山栄之助は、千右衛門から十兵衛の話を聞いたときに、

「なんとも、おもしろそうな人ではないか。そんな病があるなら、私もぜひ見てみたい」

と、正吉をあずけることに反対はしなかった。

ここに来る道すがら、冬馬と小春は小声でささやきあっていた。

「小春さんは、栄之助さんのことをどう思いますか」

「あの御隠居さんも、ひと癖ありそうですね」

「そうですねぇ、あの若さで隠居とは不思議です」

それとなく千右衛門に尋ねてみたが、栄之助はこれといった仕事はしていないらしい。それでも、貧乏をしているようには見えない。

金のなる木でも持っているのだろう、と長屋では噂しているらしい。

それにしても、十兵衛といい、栄之助といい、正吉といい、おかしな者たちが集まってきたものである。

正吉は小さな木剣を渡され、腰に差した。

「ふむ、なかなか腰が据わっていてよろしい」

十兵衛は目を細めると、なにやら説教をはじめたのである。

「よいか。剣豪とは人を斬る者のことではない」

「はい」

「人を活かすのだ」

「はい」

「わかっておるのか」

「殺さなければいいのでしょう」

「そんな単純な問題ではない。まずは、人を斬るとはなんのためか、そこから考えねばならぬ」

「はい」

そばで聞いている冬馬たちは苦笑しながら、十兵衛の言葉を聞いている。

「あれは、なにがいいたいのでしょう」

まったく意味が不明だ、と冬馬はいいたいのだった。

「まぁ、剣は人を活かすためにある、とでもいいたいのでしょう」

適当にいっているのか、栄之助の説明もいまいち要領を得ない。

「斬ったらいけないのですか。まぁ、私は人を斬りたくありませんけどね」

「斬らずに、活かす……なかなか難しい」

栄之助の言葉を聞いて、冬馬はただうなずいているが、この光景を見ていた小春は首を傾げていた。

栄之助の目つきが、剣呑な雰囲気を醸しだしている。

どうしたのだろう、と小春は、栄之助の動きをじっくり探ってみると、

——あの足運びは、かなりの剣術遣いに見える……。

ねずみ小僧としての目利きだった。

もちろん、小春は剣術について熟知しているわけではない。

しかし、代々伝わる盗人術を学ぶうえで、いちばん大事にされているのは、足と腰の動きをいかにまとめるかである。

栄之助のつりあいのとれた足腰の動きが小春の目に止まった。剣術家としても一流なのではないか。

まわりは正吉ばかりに目を向けているが、この栄之助も、なにか秘密を抱えているに違いない……。

「小春さん、どうしました」

難しい顔つきをしていたのだろう、冬馬がそばに来た。

いまの感想をどこまで話したらいいのか、小春には判断ができず、

「正吉は真面目ですねぇ」

よく知らぬ大人の話をきちんと聞く態度からして、長屋の子どもたちとは違います、と答えた。

普段の冬馬は、他人の複雑な気持ちを読み取る力はない。

しかし、小春については異変にすぐ気がついた。

「小春さん、その顔は、栄之助さんについて気になっているのですね」

「わかりますか」

「もちろんです。私は、小春さんの応援団ですから」

「まぁ」

冬馬は、出会ったころから、まったく変わっていない。

「では、冬馬さんは、栄之助さんについてどんなことを感じていますか」

「あの人は、剣呑です」

「えっ……それはどういう意味ですか」

「わかりません。どこがどういうわけではないのですが、あの人は、ときどき

鋭い目つきをします。それが恐ろしいのです」

なるほど……と小春は得心する。

一風変わった冬馬の感性が、栄之助の危険な部分を感じ取ったのだろう。

「正吉さんの素性を探る必要もあるでしょうが、栄之助さんをもっと見張らなければいけないかもしれませんね」

「はい、私もそう思います」


その翌日、冬馬と小春は、正吉と栄之助をふたりで見張ろうと決めた。

正吉は冬馬が、そして栄之助は小春の役割である。その理由は、女のほうが栄之助に近づきやすい、と小春が断じたからだった。

冬馬はその意見に疑念を持ったようだったが、最後は小春の意見を取り入れたのである。

さっそく冬馬は、正吉の素性を探るため、十軒店をまわってみた。

正吉が親とはぐれた場所は、十軒店だと聞いている。それが本当ならば、正吉親子を見た者がいるかもしれない。

本人を連れて歩くのがいちばんなのだろうが、十兵衛が正吉を離そうとしなかった。

そこでしかたなく、絵が上手な錺職人に似顔絵を描いてもらい、冬馬はひとりで探しまわったのである。

だが、

「知りませんねぇ」

「見たことはありません」

「女の子連れの親子なら見たんですけどねぇ」

などと、期待した反応は得られなかった。


一方、栄之助は、小春が住まいを訪ねてきても、とくに警戒を見せなかった。

小春に対する態度は、あくまで自然で親切である。

「町方の旦那は、おかしな人ですが、あなたもおかしな人ですね」

「はて、それはどのような意味ですか」

栄之助は、にやりとしながら、

「あんな町方を旦那にしているからですよ」

小春は答えず、次の言葉を待つ。不用意な発言をすると、つけこまれそうな気がしたからであった。

それだけ栄之助には、秘密があるような気がしていた。

「なぜご隠居さんは、その若さで引退されたのですか」

その若さで、と付け足すと、

「そうですねぇ。まぁ、働くことが嫌いだからでしょう」

「以前は、どこぞのご家中に仕官していたとお聞きしました」

「そんなときもありましたが、もう忘れてしまいましたよ」

過去のことはもういいでしょう、と栄之助は話を切った。その顔は、どこか苦しげである。

長屋のどぶ板が、がたがたと鳴った。

「十兵衛さんと正吉が戻ってきたようだ」

栄之助は、ふたりを出迎えに立った。

正吉は、日焼けして顔が赤くなっている。その顔は、初めて会ったときと違って、楽しそうであった。

「正吉さん、今日はどんな内容を学びましたか」

十兵衛がどんな講義をしているのか、小春は興味津々である。

「はい、人を活かすには、言葉が大事と教えてもらいました」

「そうですか。ところで、自分の親についてはまだ思いだせないのですか」

「……はい」

その顔は、あまり聞いてほしくない、と叫んでいるようである。

正吉は、本当ははぐれたのではなく、自分で親から離れたのではないか。家に戻りたくないのではないか。

十軒店ではぐれたという話も嘘だとしたら……。

となると、十軒店で聞きこみをしている冬馬も、成果はないかもしれない。

ふと、もう少し、正吉を問いつめてみようかとも思ったが、やめておいた。

いま、聞いても答えてはくれないだろう。

むしろ、十兵衛が、なにか正吉の真実を見つけてくれるかもしれない、という予感がしていた。

五

十兵衛と正吉の稽古は続いている。

相変わらず、剣術を教えているわけではない。

「私の剣は人の心を活かすのだ」

鎌倉河岸に行きはじめて五日ほど過ぎたころ、十兵衛が冬馬を誘ってきた。

「浅草寺と湯島天神に行きたい」

「おや、今日は正吉さんと一緒ではないのですか」

「冬馬どのと、奥方と一緒に行きたい」

「へぇ、なぜです」

「正吉の身元を探りにいこうと思う」

「ははぁ、迷子石を見たいのですね」

浅草の浅草寺と湯島天神には迷子石があり、迷子の人相や名前などが書かれた札が貼られているのだ。

その石には、迷子を探す人たちだけではなく、こんな迷子をあずかっているという札も貼られている。十兵衛はそこに、正吉らしき子どもの迷子札がないか探そうというのだった。

「もちろん、一緒に行きますよ」

小春も一緒に、と誘った意味を問うと、

「奥方がいたほうが、世間とつながりやすい」

と、ひとこと答えた。

十兵衛の言葉を伝えると、小春はあっさりと、わかりました、ご一緒いたしま
す、と応じたのである。

しかし冬馬は、十兵衛が小春も一緒にといった理由がわからない。

「旦那さまの才を活かせるのは、私しかいない、という意味ですよ」

「……それなら納得します」

素直な冬馬の態度に、小春は、

「旦那さまは、本当にいいお方です」

「才があるからでしょう」

「もちろん、才もあるし、素直でもありますね」

ふたりでにやにやしていると、十兵衛が一歩前に出てくる。

「さぁ、早く行きましょう」

道中で、小春は気になったことを聞いてみた。

「迷子石って本当か嘘か、どうやって見分けるのかしら」

冬馬は唸りながら答える。

「実際のところ、明確な見分けかたはないですね……悪党のなかには、貼られた迷子札を利用して、偽の身代金などを騙し取る輩もいますから」

「まぁ、そんなひどい人がいるのですか」

「いますね。以前、奉行所で、そのような事件を扱いました」

世も末です、と冬馬が嘆くと、

「まぁ、ねずみ小僧のように、庶民の味方の盗人もいますからな。江戸はいろんな輩がいますよ」

十兵衛は笑いながらいう。

「ねずみ小僧は悪人です。褒めてはいけません」

冬馬がいきなり大きな声を出した。

小春が冬馬の気持ちを鎮めようとするが、

「盗人は盗人です」

と冬馬は続ける。

どうしてそこまでねずみ小僧が嫌いなのか、と十兵衛が問いかけた。

「たしかに泥棒ではあるが……」

「人のものを盗むのは、悪です。悪は悪、です。どんなに庶民が喜んでいようが、そんなことは関係ありません。悪を許していたら、江戸の平安は守れません」

「ははぁ、まぁ、冬馬どのの言い分もわかるがな」

冬馬の気持ちに揺れはない。

それをはたで聞く小春の気持ちは複雑だ。

——旦那さまの言葉は正しい。だからこそ私は、探索を手伝いたい……。

小春は、心に誓うしかない。

「おや……小春さん、顔色があまりよくありませんね」

沈んだ表情をしていたのだろう、冬馬が小春に気を遣う。

「いえいえ、大丈夫でございますよ」

「そうですか、それならいいですけどね。近頃、小春さんの元気がないような気がして、心配です」

「それは、それは。でも大丈夫です。ご心配なく」

「ははぁ、わかりました。夏絵さんと喧嘩をしましたね。十兵衛さんの件でぶつかりましたか。それとも、私と早く離縁しろとでもいわれましたか」

「そんなことはいわれていませんよ。本当にご心配なく」

それでも冬馬は、不審げな表情を崩さずにいる。

「……わかりました。小春さんがそこまでいうなら、なにも問題はないのでしょう。私の思いすごしですね」

「はい、思いすごしです」

小春は笑みを返した。

そうこうしているうちに浅草寺に着いたが、迷子石には、正吉らしき札は貼られていなかった。そこで十兵衛は、自前で作ってきた迷子札を貼った。

次に向かった湯島にも、それらしき札は貼られていなかった。

少し落胆したが、十兵衛は、ていねいに札を貼った。

と、石のそばに立っていた男が、いきなり十兵衛の肩を叩いた。

「なんです、痛いではありませんか」

「あの……その札は、十歳くらいで色白、身体は華奢(きゃしゃ)で、世間知らずと書かれてありますが」

「知っている子どもですか」

どこかのお店者だろうが、子どもの親にしては若すぎる。十兵衛は怪訝な顔をしながら、いま自分があずかっている迷子だと答えた。

すると、その男は勇んで答えた。

「旦那さまから頼まれて、毎日、札を見てまわっているのです」

「ほう、自分で札を貼ってはいないのか」

「それが……そんなことをするのは、家の恥だ、と旦那さまがいうので、こちらからは探すための札は貼っておりません」

「ふむ……で、本当にこの男の子に見覚えがあるのだな」

「はい。たしかに、おぼっちゃまの承太郎（じょうたろう）さんに似ています」

「承太郎……正吉という名ではないのか」

「はい」

「それなら、別人の場合もあるぞ」

「いや、聞いたかぎりでは、承太郎ぼっちゃまではないかと……」

おそらく間違いない、と男は断言する。

「両親は何者なのだ」

道灌山の麓で商売をしている、桐乃屋（きりの）という呉服屋だと男は答えた。

ひと月ほど前、両親と承太郎が目黒不動に出かけた。すると途中で、承太郎の姿が見えなくなってしまった。

使用人や近所の人たちに頼んで探してもらったが、承太郎は見つからない。

占い師にまで見てもらったが、それも無駄だった、と男は声を震わせている。

「目黒不動とはいささか遠いな」

「はい。占い師によると、承太郎さんの守り神が目黒のお不動さまだということで、ご両親と承太郎さんがお参りにいったのです」

「占い師の言葉など信用するから、そんなことになる」

十兵衛は、薄ら笑いながらいいきると、

「では、いまから拙者を、両親のもとへ連れていってもらいたい」

男は、はぁ、かまいませんが、といいながらも、

「あの……承太郎さんはいまどちらに」

「それは、まだ教えぬ」

「へ、それはなぜでしょう」

「正吉、いや、承太郎は、なにか心に傷を負っておる。両親に会って、それがなにか確かめたい」

連れ戻すのはそれが解決してからだ、と十兵衛は答えた。

冬馬、小春、そして十兵衛の三人は、日暮里に向かった。

話のとおり、桐乃屋は道灌山の麓にあった。そのあたりは日暮らしの里と呼ばれていて、江戸のなかでも夕景が美しい場所だった。

迷子石のところで出会った男は、万治といった。

幼いころから桐乃屋に奉公しており、主人には信用されているという。迷子石での札探しも任されていたのだから、本当なのだろう。

六

正吉こと承太郎の両親、義右衛門とお満は、みるからに頑固そうな夫婦だった。

とくに口をへの字に結んだ母親のお満は、まるで、三人が承太郎をかどわかしたとでもいいたそうな口ぶりで、

「承太郎は、いまどこにいるのです」

不愉快そうに、冬馬たちを問いつめる。

「早とちりは、命を落とすもと……」

「なんですって」

十兵衛の言葉に、母親のお満は眉を寄せる。

「私があずかっている子が、この家の子どもかどうか、調べにきただけだ」

「なんて偉そうな」

十兵衛は一応、侍の格好をしているが、役柄に合わせてか月代は伸び放題で、けっして身分が高そうには見えない。そのせいか、お満は高飛車(たかびしゃ)である。

そして万治を見つめると、

「おまえは、なにをしていたのです。こんなおかしな者たちを連れてきて」

はい、と万治は肩をすぼめながら、

「こちらの方たちがおあずかりしている子どもが、承太郎ぼっちゃまに間違いないと思いまして」

「その子の顔を見てきたのですか」

「いえ、それはまだです」

「おまえは、そんないいかげんな話で戻ってきたのですか。騙されているのではありませんか」

礼金でも要求するのだろう、といいたそうな顔つきだった。

「いえ、騙されてはいないと思います」

万治は必死でお満に抵抗するが、成功しているとはいえなかった。

「疑いは、正しい目を失う」

またまた十兵衛がつぶやいた。

お満は、ふん、と鼻を鳴らして、義右衛門を見た。夫のほうも、蔑んだ目つきで十兵衛たちを見やり、

「……万治、おまえの眼力を、私は信頼している。だから任せたのだよ」

「はい、お力になりたいと思っております」

「それが、こんなわけのわからん隻眼の侍を連れてきて。しかも、ひとりは不浄役人、そしてどこの馬の骨とも思えぬ女だ。こんな者たちを信じることができますか」

お満だけではなく、主人にまで誹謗されて、万治はむっとする。

しかし、主人に逆らうことはできないのか、口を閉じてしまった。

「おぬしたちは、本当に親なのか。正吉は血を分けた子なのか」

正吉……とお満は不審そうな顔をし、義右衛門も十兵衛を見つめた。

「その子どもの名は正吉というのですか。それなら、うちの子ではありません」

「本当の名前を隠しているのでしょう」

ようやく冬馬が口を開いて答えた。その顔は、不愉快な思いで埋め尽くされている。

「どうしてそんなことをするのです」

お満は背を伸ばしているが、それがそっくり返っているように見える。

「本当の名が嫌いだからです。あるいは、家に戻りたくないか。でなければ、親が嫌いだからです」

「なんといいました」

母親のお満は顔を真っ赤にして、怒りはじめた。

「うちの子を馬鹿にしているのですか」

「違いますよ、あなたたちを馬鹿にしているのですよ。それがわからないようでは、親としては失格ですね」

「なんと失礼な……不浄役人のくせに」

「私が不浄なら、あなたたちは、無情ですね。わかりますか。無情とは情がない、と書くんです」

冬馬の辛辣な物言いに、両親は唇をぶるぶると震わせている。

「怒りは敵である」

十兵衛がつぶやいた。

「敵でもなんでもかまいません。なんです、この失礼な役人は」

冬馬は立ちあがると、小春と十兵衛に声をかけた。

「どうもこの家は、正吉の両親の家ではなさそうですから帰りましょう」

十兵衛も、致し方なし、といって立ちあがる。

「義右衛門さん、お満さん、それでは本当に承太郎さんは戻ってきませんよ」

小春の目は、蔑(さげす)みの色に満ちていた。

その日から数日、十兵衛は長屋を訪ねてこない。どうしたのかと思っていると、千右衛門から連絡が来て、熱を出して寝込んでいるという。

冬馬と小春は、あんな両親を見てがっかりしてしまったのではないか、と語りあった。

すると、十兵衛が熱を出している間、正吉は栄之助の薫陶を受けはじめたのである。

十兵衛とは異なり、栄之助は本物の侍である。

正吉がみずから栄之助に、剣術を教えてくれと頼んだのであった。

栄之助がどうして剣術を学びたいのかを問うと、

「斬りたい人がいるから」

と答えた。

その言葉に、栄之助は目を見開く。

「誰を斬りたいのだ」

「それはいいたくありません」

栄之助はじっと正吉を見つめる。その顔に嘘はないらしい。しかし、子どもが誰かを斬りたいとは、そうとう思いつめているのだろう。

「……いいだろう。しかし、人を斬るには、かなりの覚悟が必要であるぞ」

「わかってます」

「いままで、犬でも斬ったことがあるか」

「猫なら三回あります。出刃包丁で切りました。血がいっぱい出ました。死骸は大川に捨てました」

「なんだって」

「人を斬る前に試してみたくて」

これは、そうとう心が病んでいる、と栄之助は感じた。

　このままでは、とんでもない大人になってしまうだろう。放っておけば、笑いながら人を斬る辻斬りにでもなってしまうかもしれない。

　これはいかん、と栄之助は冬馬に相談を持ちかけた。

「まさか、あの子がそんなことを考えていたとは」

　十兵衛は正吉の心の病に気がついて、人は斬るものではないと教えていたのだろうか。

「それなら、栄之助さんも教えてあげましょう」

　冬馬は、あっさり答えた。栄之助が怪訝な目をしていると、

「人を斬ることが、どれだけ自分の心を切ることになるのか。それを教えてあげてください。私は剣術は苦手ですから」

「なるほど……」

「おや、その顔はどうしたのです。なにか不都合がありますか」

「……いや、そうではない。不都合などはないのだが」

「まさか栄之助さんも、誰かを斬りたいと思っているのではないでしょうね」

「まさか、そんなことはありません。ないない」

　最後は笑い飛ばしたが、見るからに空虚な笑いだった。

栄之助が帰っていき、冬馬が見廻りに出ると、天井から夏絵がおりてきた。

気づいた小春が、なにをしに来たのか、と尋ねる。

「あんた、あの侍が誰を斬りたいと考えているのか、わかったのかい」

「栄之助さんのことですか。さぁ、わかりません」

「だから、冬馬はぼんくらだというのです、それに、三代目ねずみ小僧の目も節穴だね」

「………………」

「栄之助とかいう侍は、敵持ち(かたきもち)さ」

「え……仇討ち相手を探しているというのですか」

「あぁ、それも相手はとっくに見つけているんだ。だけど、なかなか仇を討つ覚悟ができずに悩んでいるんだよ」

「どうして、そんなことがわかるのです」

「ねずみ小僧の二代目だからだよ。といっても信用できないだろうが……」

「わかりました、栄之助さんの住まいに忍びこみましたね」

「そんなことがあったかねぇ」

そうか、と小春は得心する。

栄之助が悩みを抱えているのではないか、と小春も気がついていた。しかし、その原因については想像つかなかったのだが、まさか仇討ちとは。

「どうだい、二代目も役に立つだろう」

「では、栄之助さんの敵が誰か、知っているんですね」

「いまさら嘘をついても、しかたがない。相手は、三味線堀の長屋に住んでいる浪人で、飯倉紀左衛門（いいくらきざえもん）という男らしい」

栄之助が何度も読み返した文があったから、それをこっそりのぞいてみると、仇討ち相手の名前と素性が記されていたという。

「国許からの文には、まだ仇は討てずにいるのか、早くしろ、と書かれていたからね」

「他人の家に忍びこむなんて……あまり、おかしなことはしてほしくありませんけどねぇ」

「ふん、あんないかれた旦那を持つから、私がこんなことをしなくてはならないんだよ。とっとと離縁しな」

「できませんよ、そんなことは……それより、栄之助さんに正吉ちゃんの剣術を教えるように頼んでいましたが、大丈夫でしょうか」

「その心配は、栄之助のほうかい、正吉のほうかい」

ふたりともです、と小春は憂い顔を見せた。

七

十兵衛は相変わらず熱を出したままらしい。

その間を縫って、栄之助は正吉を鎌倉河岸に連れだし、剣術の稽古をはじめていた。そのときは、冬馬も一緒である。

栄之助が、冬馬に頼んだからであった。

「私がおかしなことを教えていたら、注意をしてもらいたい」

「……剣術についてては、私は素人ですよ」

「剣術以外について、気づいてくれたらそれでいいのです」

そういう話なら、と冬馬は剣術修行に付き合うことにしたのである。

小春も気になっているのか、ときどき冬馬と一緒に、鎌倉河岸に足を運んでいる。

「正吉は、本気で誰かを斬りたいと願っているようです」

栄之助は、正吉の気持ちがあまりにも強くて心配だ、と顔を曇らせている。

そして――。

無残な犬の死骸が、鎌倉河岸に転がっていた。

それも二匹もだ、と栄之助が長屋の住人から聞いたのは、正吉に剣術を教えてから、三日目のことだった。

あわてて栄之助は、鎌倉河岸に走った。

「これは……私が教えた、三段突きの痕だ」

栄之助は唸り声をあげた。

犬の心の臓を狙い定めたように、三箇所の傷口が広がっていたのだ。あきらかに、正吉が試し斬りをしたに違いない。しかし、正吉に剣術を教えるときは、木剣である。

刀をどこから持ちだしたのか。

栄之助は長屋にとって返し、自分の差料を確かめた。

「これは……」

血脂が浮いていたのである。

これまで栄之助は、人を斬ったことがない。刃先にこびりついた血脂を見て、息が荒くなる。

正吉は、隙を見て刀を持ちだし、犬を殺したのだろう。油断をしていた自分も悪いが、まさか正吉がそこまでやるとは考えが及ばなかった。正吉をあずかっている身としては、とんだ失態である。

栄之助が長屋の者に伝言を頼むと、冬馬がすっ飛んできた。小春が心配そうな顔で付き添っている。

どこにいるのか探しても、正吉の姿は見えない。鎌倉河岸から、どこかに逃げたらしい。いや、逃げたのか、あるいはほかの犬を探しているのか、それとも猫を探しているのか。

「正吉は、とんでもない子だったんですねぇ。腕でも斬り落としてやりますか」

そうしたら、犬の気持ちもわかるだろう、と冬馬は笑いもせずにいう。

「そんなことをしてはいけませんよ」

たしなめる小春に、冬馬は、いってみただけです、と答えた。

栄之助に、正吉がいる場所に心あたりはないかと聞いても、首を傾げるだけである。一緒に暮らしていても、あの子はなにを考えているのかわからない、と途方に暮れていた。

さらに、血脂が浮いた刀を見た瞬間、栄之助はなんともいえぬ気持ちになった、と冬馬に告げた。

「人を斬ったら、その程度の血脂では済まないでしょうねぇ」

「そうかもしれぬなぁ」

苦しそうな顔をしている栄之助の表情を見ていると、小春はなんともいえなくなる。仇討ちをするために、日々を過ごすのは想像もつかないつらさだろう。

とにかく正吉を探そう、と栄之助はもう一度、鎌倉河岸を探すことにした。

小春は、ちょっと用事がありますから、とふたりから離れていく。

向かったのは、三味線堀だった。

栄之助が仇と狙う相手が、本当に住んでいるのかどうか、確かめたいと考えたからだった。

もっとも、その事実を確かめて、なにをしようとするのか、自分でもはっきりはしない。

敵がどこに住んでいるのか知っていながら、栄之助は、国許からの催促にもかかわらず、放っている。

――それには、なにか理由があるのでは……。

そう考えたうえでの行動であった。

小春は、神田川を突っ切る新シ橋を渡り、三味線堀に向かった。

自身番で飯倉某という浪人さんを探している、と聞くと、どんな用事かと尋ねられた。迂闊に人の住まいは教えられねぇ、と町役はいうのだ。

「以前、私の母が困っているときに、助けていただきまして。そのお礼にうかがいました」

町役は、小春の笑顔にあっさりと、そうだったのかい、と長屋の場所を教えてくれた。この界隈の治安は大丈夫だろうか、と小春は苦笑しながら、教えてもらった長屋のどぶ板を踏んだ。

飯倉に会ったからといって、栄之助の話をするわけにはいかないが、まずはどんな侍なのか、それを確かめよう。

顔を見たからといって、それでどうなるものではないが、栄之助がどうして仇を討たずにいるのか、その理由がわかるかもしれない。

戸口前に着くと、障子戸が開いて子どもが飛びだしてきた。

こらこら走るな、という声と同時に、初老の男が顔を見せる。髪の毛はほとんど落ちていて、月代はちょこんとくっついているだけである。

そのわりには、子どもが小さいなと思っていると、お祖父さま、と呼びかけている。どうやら、祖父と孫のようだった。

戸口前に立っている小春を認めると、初老の侍は怪訝な表情をした。

「私のところに用ですかな」

「あ……間違いました、どうやら人違いのようです」

言葉ではそういったものの、おそらくこの男こそが飯倉紀左衛門であろう。

紀左衛門は頭に手をやり、

「ははは、お訪ねの相手は、こんな薄い頭ではなかったですか」

「まぁ、いえ、そのような……ほほ」

ていねいにお辞儀をして小春は、その場から逃げだした。

紀左衛門を見て、一瞬にして栄之助が仇討ちを逡巡している理由がわかったような気がした。

——老人と孫がいるのでは、仇は討てないかもしれないわねぇ。

苦笑しながら小春は、木戸を出る。

後ろから走ってきた孫が、ていねいにお辞儀をして走り抜けた。

——まぁ、正吉さんはひねくれていたけど、あの子はなかなか躾がよろしいようですね。

あとからやってきた紀左衛門が、小春のとなりを通りすぎるところで、足を止めた。

「お嬢さん……」

小春はいい気持ちで、はい、と返答する。

「そろそろ、誰かが来るころだと思っていました」

「え……」

「私の正体を確かめにきたのでしょう」

返答に困っていると、

「気にしなくてもいいです。栄之助は腕のある助っ人を手にしたようだ……」

「あの……」

「いいのです、あなたが、栄之助の仲間だとすぐ気がつきましたよ」

「どうしてです」

「その物腰は、ただの長屋の女将さんではありますまい。といって、どうも剣術を使いこなすという雰囲気でもない。そこから出した答えは……」

「………」

「密偵か、あるいは盗人」

最後は大きく口を開いて、闊達に笑った。

「いや、失礼。盗人ならば、そうとう腕利きでしょうなぁ」

「あの……」

小春は言葉が出ない。

じっくり見ずにいた自分の失敗だ、と反省する。

初老の男と孫を一緒に見た瞬間、目が曇ってしまったのかもしれない。

どんな言葉をかけたらいいのかわからずにいると、紀左衛門はさらに続けた。

「栄之助に伝えていただきたい、数日の間に決着をつけようと」

「と、いいますと……」

「仇を討たせてあげます」

「しかし……」

「ご心配はいりません。私はこう見えても、強いのです」

「……わかります」

「しかし、討たせてあげようと思います」

「なぜですか」

「まあ、理由が理由ですから」

「まぁ……」

栄之助から、仇討ちの話を聞いたことはない。どんな裏があったのかも知らない。そんな表情が出たのだろう、

「おや……その目は、そうか、ひょっとしたら私の早とちりであったのだろうか。あなたと栄之助とは、かかわりがないのですね。では、どうしてここに来たのか。それがわからない」

「はい、いまのお答えは、半分当たって、半分違っております」

「……どういうことかな」

じつは、と小春は、これまでの栄之助とのかかわりを語った。

「……そうでしたか。いや、それでは栄之助が送りこんできたわけではなかったのですね」

「すみません。私の一存です」

「おふたりの関係がどうであれ、こうやってあなたが訪ねてきたとなれば、栄之助は私の居場所を知っていることになります」

「はい……」

「長い間、私を放っておいたとは知りませんでした。なにか理由があるのか、それとも、臆病風に吹かれてしまったのか、それはわかりませんが」

「私もそのあたりがわからず、飯倉さまがどんなお方か確かめようと思ったのです」

「ほほほ、それはそれは。私はどうであったかなぁ」

にんまりとした紀左衛門の笑顔は、とても仇を討たれるような相手には見えない。

そこに孫が戻ってきて、お祖父さま、どうしたのです、と明るい声を出した。

「お、喜三郎。ちょっと待っていてくれ、すぐ行くから」

はい、と喜三郎と呼ばれた孫は、また三味線堀方面に駆けだしていった。

「喜三郎さんというんですね」

「はは。元気だけが取り柄のような孫です」

「あの、不躾とは思いますが……」

「はいはい。いまから、私たちがどうして敵同士になったのか、簡単に話しましょう。あなたは、そこを知りたかったらしい」

「申しわけありません。よけいな首を突っこみまして」

「よいよい」

いかにも好々爺然とした、たたずまいで、紀左衛門は語りだした。

八

小春は、文を紀左衛門からあずかっていた。

それには、果たしあいの日時が記されている。

紀左衛門が語った仇討ちの話を聞いて、最初、小春はどう返答をしていいのか判断に困った。

「私は仇ではないのです」

そういってから、紀左衛門は話しはじめたのである。

栄之助が仕官していたのは、下野、大河原一万二千石石という小大名である。

本来、仇として狙われていたのは、紀左衛門の息子で、飯倉左之助だったという。左之助は、栄之助の許嫁を斬って逐電したというのである。

「どうして、息子さんはそんなことをしたのです」

「それが、よくわからないのです。倅が横恋慕でもしたのかという噂でしたが、そんな様子はないし、話に聞いた者もいませんでした」

藩で原因を探ると、どうやら、栄之助が左之助の不正を疑ったからではないか、という疑いが導きだされた。

栄之助と左之助は、藩では勘定方であった。あるとき、栄之助が帳簿の異常に気がついた。

その帳簿は、左之助が担当していた。

問いつめても、不正などしていない、ただの書き間違いだ、と左之助はいいわけをしたらしい。しかし数日後、また同じようなおかしな記述があった。

ふたたび左之助を問いつめた栄之助は、勘定頭に左之助が不正をしていると伝える、と告げたらしい。

「その日の夜です。栄之助の許嫁が斬られて、左之助は逐電いたしました」

「では、本来の仇は、紀左衛門さまではなく、左之助さんなのですね」

「ですが……逐電した左之助は逃げる途中、腹を切ってしまったのです」

左之助が本当に不正を働いていたのか、調べがつかないまま、有耶無耶になってしまったという。

それに怒ったのが、許嫁の家族や親類たちであった。

「なんとしても娘の仇を討ってくれと、栄之助に押しつけたのです」

といっても、許嫁を斬った左之助は、すでにこの世にいない。

「そこで、親の私を討てという話になってしまいました」

「そんなおかしな話はありませんよ」

「相手の家は、番方頭という重鎮でしたから、藩でも無下にはできなかったのでしょう」

「お墨付きを与えたというのですか」

「私を仇として斬ってもいい、という結論になったようです」

「無体な……」

なんと理不尽な話だろうか。

栄之助は、もともと本当の仇を討とうとしていたのではなかったのだ。紀左衛門の居場所を突きとめながらも、行動に移さなかったのは、こんな裏が隠されていたかららしい。

栄之助の苦悶の表情は、それが原因だった……。

こんな馬鹿馬鹿しい仇討ちがあるだろうか、と小春は義憤を感じる。

といっても、それを止める術があるだろうか。

この話を冬馬に伝えるわけにはいかないだろう。栄之助から直接聞いたわけではないうえに、どうして紀左衛門を知っているのだ、と問われたら、うまく答えられない。

——困りましたねぇ……。

なにかよい知恵がないかと思案するが、簡単には浮かんできそうにない。

自宅に戻った小春は、しかたなく、例によって家に来ている夏絵に、愚痴ってみた。

すると、

「そんなのは簡単さ」

「え……」

「そのお墨付きがなくなればいいだけの話だろう」

「しかし、それがなくなると、栄之助さんが困るだけです」

藩から出たお墨付きをなくしたとなったら、切腹ものだろう。

「三代目は、まだまだだねぇ」

いい策があるのか、と問うと、

「藩の江戸屋敷から、殿さまの花押(かおう)を盗んでくるんだ。まぁ、書き写してもいいよ。それを使えば、仇討ちを禁止する、という新しいお墨付きができあがるというわけさ」

「……そんなことができますか」

「おい、三代目、しっかりしなさいよ。ねずみ小僧にできない盗みなんかないんだよ」

そういわれて、小春にはひとつの案が浮かんだ。


小春は千右衛門に頼んで、十兵衛を呼んでもらった。

十兵衛は、なんとなく顔色が悪い。本当に熱を出して寝込んでいたらしい。小春から声がかかったために、無理を押して出てきたようだった。

「つらそうですねぇ。体調はどうですか」

「小春さんの顔を見たら、熱がさがりました」

「まぁ……剣豪さんは、言葉もお上手ですね」

「畏れ入る……」

「お願いがあるのです」

「なんなりと。私は小春さんの下僕です」

「……おおげさな言葉ですこと……まぁ、いいでしょう」

この会談は、もちろん冬馬には内緒である。計画は隠密裡に進めなければいけない。

十兵衛ならば、それが可能だろう。

もし、佐助のときの出来事を覚えているならば、話は早い。また、なりきる人物が変わることで記憶もなくなるなら、それはそれで好都合でもある。

「大きな声ではいえないのです」

小春がささやくと、

「では……」

十兵衛は、小春ににじり寄って耳を出した。

「え……は、ほう、なるほど……それなら無手勝流無刀取りでやりましょう」

「無手勝流無刀取りとは……」

「私は剣豪です、お任せあれ」

「はい、では大船に乗ったつもりで……」


その日の夜。

横川沿いにある報恩寺のとなり、大河原家の下屋敷に賊が入った。

それも、一風変わった賊であった。

みずから曲者(くせもの)だと叫んで、廊下を走りまわったのである。

もちろん、ねずみ小僧の小春だった。

走りまわりながら、そのあとには油を流した。そのために追いかけてきた腰元や小姓たちは、みな足を滑らせて転がってしまう。

しかし、やがてその油の力も消えたころだった、どこからか、おかしな声が聞こえてきた。

「べんせい、しゅくしゅく……夜　川を　渡る……」

ここは川中島か、と小春は笑いながら廊下を走りまわると、ひときわ広そうな部屋を見つけた。

警護の者たちは、曲者はこっちだ、という声に向けて走っていく。

廊下の陰に隠れながら、小春は大きな寝所に入った。おそらく、そこが殿さまが寝ているところだろう。

襖を開いてもぐりこむと、案の定、絹の衣装や桐の調度品などが見える。

行灯の装飾は、二引の家紋であった。

――ここに間違いないわね……。

小春は、布団から出ようとしている人物の前に立ちふさがった。

「曲者、用はなんだ」

「私は、ねずみ小僧」

「なんと。とうとう我が家にも、ねずみ小僧が入りこんできたのか。いうておくが、我が屋敷に大金はないぞ。うちは貧乏な藩だ。残念だったな」

「いえ、お金が欲しいわけではありません……」

この際だから花押を盗み取るより、本人に書いてもらおう、と決めた。

じつは、と、小春は栄之助と紀左衛門の話を語りはじめた。

「なんと、そんな話があったとは……初めて聞いた」

「殿さまのお耳にするような話ではなかったのでしょうねぇ」

「では、そちは私にそのお墨付きを書き直せ、というのだな」

「はい、そのとおりです」

「しかし、家臣の誰がそんなお墨付きを与えたのだ……」

「さあ、そこまで私は知りません。それについては、殿さま直々にお調べになればよろしいかと」

「ふむ、ねずみ小僧は盗賊と聞いたが、なかなか知恵がまわるではないか」

「……そのくらいは誰でもわかります」

「そうか、わははは」

思いもよらぬ殿さまの笑いであった。

「お武家さまも捨てたものではありませんね。殿さまのように、話のわかるお偉方もおります」

ふんふん、とつぶやきながら、殿さまは、敵討ち中止のお墨付きを書いたのであった。


そのころ藩邸のあちこちでは、大騒ぎが起きていた。

「小判だ、小判が降ってくるぞ」

その声を聞き、お墨付きを書き終えた殿さまが、ふと小春に尋ねた。

「どうしてねずみ小僧が、武家屋敷に小判を投げ捨てていくのだ」

「ふふ、このお墨付きのお礼とでも思ってください」

小春が頭をさげて寝所から出ると、十兵衛が畏(かしこ)まっている。

さきほどからの小判騒ぎは、もちろん、この十兵衛の仕業である。おかげで、藩士たちを攪乱できて、うまく殿さまの寝所にもぐりこむことができた。

「無手勝流、無刀取りの首尾はいかがでしたか」

「……言葉に出せません」

本当に、なんて答えていいのか、言葉が浮かんでこなかったのだった。


藩邸から出ると、御用提灯が川に沿って掲げられていた。

先頭に立っているのは、いうまでもなく冬馬である。

「こんなときは、旦那さまもすばやいですねぇ」

笑いながら、大名屋敷の屋根から下をのぞむ。

まさか大名屋敷に押し入ったとは、思っていないらしい。町筋を走りまわっているため、ねずみ小僧の姿をとらえることができずにいる。

ちょっとからかってやろうかと思ったが、今日はやめておこう、と考え直した。

ねずみ小僧が、大名屋敷に忍びこんだと知ったら、冬馬も不思議に思うだろう。

そこから、おかしな想像をめぐらされたら面倒である。

すると、捕まえたぞ、という声が聞こえた。

なんだろうと下界を見ると、たしかに黒装束が捕まっているように見えた。

「私はここですよ……」

つぶやきながら、なにが起きたのか見ていると、

「あれは、十兵衛さん」

捕まったのは、十兵衛である。

捕縛した、との声にすっ飛んできた冬馬が、十兵衛の顔を見て、驚愕しているようだ。

すぐに十手を振って、なにかを叫んでいる。

「私の出番ね」

小春は屋根からおりて、横川沿いを走りながら冬馬を呼んだ。

「間抜けなやつらめ、人違いだ。私はここだぞ」

いっせいに町方たちが十兵衛から目を離し、小春に目を向けた。

その瞬間、小春は川に飛びこんだ……。

そう見せただけである。そばに落ちていた枯れ木を、投げ捨てただけである。

「こっちだ、飛びこんだぞ」

逃がすな、追いかけろ、船を持ってこい、などという叫び声を聞きながら、小春は悠々と町筋を抜け、大川に向けて走り去っていった。

九

二日後、栄之助のもとに国許の藩士からの遣いが現れた。

その内容は、新しいお墨付きが出た、というものだった。仇討ちはやめて、出仕するように、との申し出である。

あまりの急展開に、栄之助は驚きを隠せない。

当然、紀左衛門のところにも、同じような連絡が伝わったことだろう。

その後の正吉の消息を知ろうと、冬馬と小春は栄之助のもとを訪ねた。

憔悴した顔つきの正吉が、栄之助の前に座っている。

栄之助によると、正吉はしばらく江戸の町を歩きまわっていたという。

「嘘でしょう。その顔には、嘘と書いてありますよ」

冬馬が、正吉に告げた。

「おまえは、嘘つきですね。だいたい、正吉という名前は嘘。両親が誰かわからないというのも嘘。住まいを忘れたというのも嘘。嘘の塊です」

正吉は、ちらりと冬馬を見つめるだけで、反論はしない。

「本当は承太郎ですね」

正吉こと承太郎は、小さくうなずいた。

「あの、鬼のようなお満さんは、おまえの母親ですか」

「はい」

「まぁ、あんな母親のもとにいれば、逃げだしたくなるのはわかります。殺したいと思うのも、しかたがないかもしれません」

「…………」

江戸の街を歩いていたのではなく、殺そうと思って、母親のところに行ったのだろう、と冬馬は追及した。

承太郎はどうしてばれたのか、という表情をする。

「そのくらい、大人はわかるのです。で、殺してきましたか」

「いえ……できませんでした」

「へぇ、まだ人の心が残っているらしい。そうですね、殺していたら、母親のお満と同じような人間になっていましたからねぇ」

旦那さま、と小春が冬馬の膝を叩く。

「はい……言いすぎですか」

「そうですね。もう少し、やんわりとお願いします」

するると、承太郎が顔をあげて、

「いいえ、それくらい、いわれたほうが私はいいのです」

初めて、承太郎がしっかりした言葉を出した。

「まだあの家に戻ろうと考えていますか。それとも、母親を斬るまで修行を続けたいのですか。犬を斬ったり、猫を殺したり、川に投げ捨ててそれで気が晴れたなら、もっと野良犬を殺してもいいですよ」

返答ができないのだろう、承太郎は、うつむいたままである。

すると、栄之助が口を開いた。

「正吉、いや承太郎だったな。おまえは家に戻りたくないのか」

「戻っても、好きなことはできないし、それに……」

「それに、なんだ」

「弟か妹ができたみたいなのです。私はますます、あの家には居場所がなくなります」

「そんなことはないだろう。お満さんは実の母であろう」

「でも、嫌です。私は剣の道を歩きたい。いいえ、人を殺さない剣の道です。人を活かす剣の道です。商売はしたくありません」

それは難しい、と栄之助が答えると、冬馬が、そんなことは簡単です、と代わりに答えた。

「栄之助さんは、また仕官するのですか」

「いいえ、断りました。侍は捨てたいと思っていましたから」

馬鹿げた仇討ちはとりやめになったものの、許嫁の家は相変わらず恨みを捨てていないらしい。主君のお墨付きの手前、紀左衛門が命を狙われることはないだろうが、紀左衛門も栄之助も、藩に戻ったとしてもこれまで以上に冷遇されるだろう。

「私は、ますます侍が嫌になりました」

「それなら、なお簡単です。ふたりで雲水にでもなって全国行脚をしたらいい」

ふたりの目は冬馬に向いている。

「雲水ですか……」

それはいいかもしれない、と栄之助は答えた。

と、

「べんせい　しゅくしゅくう……」

朗々とした声が聞こえてきた。

「あれは十兵衛さんですね」

ようやく承太郎が笑みを浮かべ、顔をあげた。

ねずみ小僧が現れた夜以来、十兵衛は顔を見せていなかったのだ。

小春は、現れた十兵衛の顔を見つめる。

今回も、小春がねずみ小僧だという事実を話す気はなさそうである。

佐助のときと同じように、十兵衛の記憶もまた消えていくのであろうか。それとも、覚えてはいるが、なにか理由があって隠してくれているのか。

十兵衛に冬馬の提案を伝えると、なるほど、とうなずき、

「雲水はよいぞ。花を見て、その日の天気を占い、川の流れを見て、明日の幸せを祈る。星で将来を占い、月で我が命の糧を探る」

「へぇ、雲水はそんなことをするのですか」

冬馬が感心する。

「まあ、すべてそのとおりになるとはかぎらぬが、私も柳生の里にいたころは、そんな生きかたを夢見たものよ」

十兵衛はそれだけをいうと、姿を消した。

「なんです、いまのは……」

「まぁ、柳生十兵衛さまですから」

「ふむ、一流の剣客の頭のなかは、まったくわかりませんねぇ」

冬馬がつぶやくと、栄之助は、承太郎、と声をかけて、

「どうだ、雲水になるかな」

「はい。どうせ私は、家に居場所がありませんから」

「それでも、やはりご両親は心配するのではないですかねぇ」

小春が優しげにいうと、承太郎は顔を伏せて、

「万治さんが訪ねてきて教えてくれました。弟か妹ができたと知って、あの人たちは万治さんに伝えたみたいなんです。もう迷子石には行く必要はない、もう承太郎は戻ってこなくてもいい、と……」

万治なりに承太郎に同情し、暗に家を捨てることを勧めたのだろうか。

「まぁ、それはなんと申していいやら」

「ですから私は、雲水になりたいのです」

承太郎は涙も見せずに、断言する。

「私は理由もなく命ある犬猫を殺してしまいした。そんなことをした罪を、償わ

なければいけません」

「……わかりました。しばらくの間は、雲水として全国行脚をして、心の整理をつけるのもよいかもしれませんね」

承太郎の決意が固いと知り、最後には小春もうなずいた。

そして……。

翌日の朝、七つ。堀江町からふたつの影が、朝もやのなかを歩きだした。

まだ雲水の格好はしていないが、ふたりの心は、世を流れるように生きる、雲水そのものであった。

第四話　ねずみ小僧の受難

一

なりをひそめていたねずみ小僧が復活したと、江戸っ子は大喜びである。しかし、奉行所が黙っているわけがない。冬馬も上司に、早くねずみ小僧を捕縛しろ、ときつく命じられている。

そんななか、呉服橋の北町奉行所を出たときに、中年の男に声をかけられた。相談があるといいながら、冬馬ではなく、奥方の小春さんと会いたいという申し出であった。

小春にどんな用があるのだ、と聞いても、本人にしか話せないという。

しかたなく冬馬は、それなら待っていてくれ、と男を料理屋で待たせることにした。

小春に会いたい男が待っている、と冬馬から告げられた小春は、そうですか、とたいして気にもせずに承諾した。

料理屋に連れていくと男は、小春だけに話がある、という。

なにかあったら大声を出すように、といって、冬馬は部屋を出ていった。

小春は、目の前の男を見つめる。

「あっしの名は、卯之助(うのすけ)といいます」

「はい……」

「私のことは、覚えがありませんかい」

「……覚えがあるかと聞かれたら、ありませんとしか答えられません」

「ふふ、そうでしょうねぇ」

気味の悪い男だった。

「私をどこで知ったのです。それと、ご用はなんですか」

「じつは……」

「はい……」

「あなたの母上……二代目ねずみ小僧が、命を狙われていますぜ」

「……な、なんですって」

「ふふ、驚きましたね。二代目の娘、つまりは、あなたが三代目ってわけだ」

「なんの話でしょう」

男は、じっと小春を見つめて、

「二代目は少々鼻につくねずみ小僧だったけど、三代目ともなると、品が出てくるようですね」

「……なんの話かよくわかりませんが、とりあえずお聞きしましょう」

実際のところ、最近、夏絵は姿を見せていない。どこかふらりと出かけているのかとも思っていたが、命を狙われていると聞くと俄然、心配になってくる。

「やっと話を聞く気になってもらったようですね」

「命が危ない、というからです」

「奥方さま……あなたのご先祖さまが、どうしてねずみ小僧になったか、そのきっかけを聞いたことがありますかい」

夏絵から祖父の話は、少しだけ聞かされている。

それによると、小春の祖父は七十石取りという貧乏御家人であったらしい。

ある日のこと。

剣術道場で、祖父の同輩の財布が消えた。外から人が入ってきた様子はないから、内部の者による盗みだと、道場の者たちは考えた。

そしてなんと、祖父がその犯人だと疑われたのである。

その汚名を晴らすために、みずから調べに乗りだした祖父は、相手の家にもぐりこんだ。

すると、盗まれたはずの財布が隠されていたのである。

その同輩の名は、水上木蔵（みなかみもくぞう）といった。木蔵は、以前にも似たような手を使ってまわりを落とし入れ、示談金などを騙し取っていたらしい。濡れ衣ではあっても、体面を気にして金を払ってしまう武家は多かった。

見つけた財布のなかに、守り袋があった。祖父はそれだけを盗み、ねずみ小僧から、木蔵の狂言であるとの文面と守り袋が届けられた、と道場主に告げた。

当時から、ねずみ小僧は義賊として知られており、祖父は濡れ衣を晴らすため、いわばその名を利用したのだった。

道場主が、祖父と一緒に木蔵の家を調べると、案の定、財布は隠し箱のなかに鎮座していたのである。

もちろん木蔵自身も罪を負ったが、狂言を暴いた祖父のほうも、木蔵の親類や親しい者たちから恨みを買った。

木蔵の父は、勘定方頭という身分で、味方する者も多かったのだ。

居場所がなくなり、ほとほと武家社会に嫌気が差した祖父は、侍をやめた。

そして、ねずみ小僧の名を騙って、傲慢な武家や悪徳商人の店を狙っては、金品を盗みだしていたのである。

「私がねずみ小僧だとかなんだとかという話は別として……それで、どうして母の命が狙われるのです」

以前は卯之助も、大店から金を奪う盗人だったという。しかし、あるとき捕まり、経験を活かして十手持ちになったというのである。

「いまは御用聞きは辞めましたが、犬みてぇな真似事は続けているんです」

だから、いろんな話が入ってくるのだ、といいたいらしい。

「二代目……あなたのお母さまが、人を殺したという話は、聞いたことがありますかい」

「ありませんよ、そんな……本当ですか」

卯之助は語り続ける
祖父に狂言を暴かれた木蔵は、これもまわりの目に耐えられず、ある日、腹を切って果てたという。

水上家は、ますます祖父を恨んだ。

そして、とうとう殺し屋を送りこんだというのである。

そのとき、殺し屋として選ばれた男は渡り中間で、そのときはたまたま水上家の門番をしていた。腕っ節が強く、なかなかに悪知恵も働く男であった。

門番は、祖父が抵抗できぬようにするにはどうしたらいいのか、と事前に策を練った。

「そこで目をつけられたのが、まだ十代もなかばだった二代目です」

門番は酒を飲んだ勢いで、夏絵を襲った。相手が小娘ということで油断もあったのだろう。夏絵に突き飛ばされてひっくり返り、頭を打った。

打ちどころが悪かったのか、そのまま命を失ったというのである。

「それは……その門番の自業自得なのではありませんか」

「……まぁ、そういう見方もありますがね」

殺したとしても、夏絵は自分の身を守るためにやったことだ。咎められるいわれはない。

「それで、いまになって母の命を狙いだしたのは、誰なのです。その水上家とやらですか」

「さぁねえ、それはあっしにもわかりません。とにかく、新しい殺し屋が二代目を狙っているという話は、たしかなところから聞きましたから……」

「どうして、わざわざ教えてくれるのですか」

「それは……私も、ねずみ小僧のことは好きですからね」

薄気味の悪い笑顔を見せ、卯之助は、どこかに二代目を隠したほうがいい、とわけ知り顔にいうのだった。

千右衛門がやってきたのは、小春が卯之助と会った翌日であった。

そのとき冬馬は、卯之助とどんな会話をしたのか、小春にそれとなく追及しようとしているところだった。

「いまは内緒です」

「いまは、ということは……いつか、よいときが来るという意味ですね」

「……旦那さまとお会いしたころに、似たような言葉を聞きましたねぇ」

小春はわざと話を変えた。

案の定、冬馬はそちらに気を取られる。

「え……はい、はい。あの話ですね」

「その言葉を聞いたとき、私は、なんてずうずうしい方だろうと思いました」

「なぜです、恋仲になった男と女は口を……」

「そこまで。もうその話はおやめください」

「はい、望みは叶えられましたから」

「もういいでしょう、その件は」

「小春さんが先に持ちだしたんですよ」

「そうだとしても、終わりです」

「いえ、続けます。そうだ、ここでもう一度、あのときの気持ちになって」

「だめです」

「なぜです。私たちはそういうことをしてもいいのです」

「だめです、人が見てます」

「誰もいません」

「昼ですから」

「夜ならいいのですか」

　小春が答えに詰まっていると、

「あ、千右衛門さんが来ました」

戸口から、差配の声が聞こえてきたのである。

さっと立ちあがった小春は、千右衛門を迎えに出た。

後ろに、若旦那が控えている。

薄墨色の小袖に、白小紋。侍なのだろうとは思ったが、その正体までは想像がつかない。

今度は誰になりきっているのかと、小春が興味深く若旦那を見つめると、

「あがらせてもらうぜ」

侍なのに、伝法な言葉を使った。どんどんと勝手に奥座敷へと進んでいく。

「差配さん、今度は誰になりきってるんです」

「私もよくわかりません。なにか、身分の高いようなことはいってましたが」

「身分の高い侍ですか」

「そうらしいですねぇ」

小春が奥に着くと、冬馬は居心地が悪そうにしている。

「私のことは、若さまと呼ぶだけでよいぞ」

「若さま……ですか。どこの若さまですか」

冬馬が、ていねいに聞いたが、

「なに、本当の名は聞かねぇほうがいいんだよ」

「へぇ、そうなんですか」

「そうだ。聞いたら腰を抜かすからな」

がははは、と高笑いを見せる。

冬馬は小春の顔を見て、それから千右衛門を見つめるが、ふたりとも首を振って、わかりません、と目で答えているのだった。

夏絵がいれば、また草双紙や読本のなかに出てくる主人公だと教えてくれるのかもしれないが、三人にそこまでの知識はない。

「母上はいらっしゃらないのですか」

千右衛門も疑問に感じたのか、周囲を見まわす。

「それが、ここのところ、あまり顔を見せないんです」

小春が心配そうな声を出した。その言葉に冬馬も同調して、

「来ないと気になりますねぇ」

小春もうなずく。あたまのなかでは卯之助の言葉が響いている。そして、気がついた。若さまに相談をしてみれば、いい知恵を貸してくれるかもしれない。

若旦那は佐助のとき、すでに小春がねずみ小僧だと気がついている。いまさら

隠す必要はない。

「ところで若さま、今日はどんなご用事ですか」

「おう、そうだった。大事な話を持ってきたぜ」

「はい」

「じつはな……わしのところに、こんな投げ文があったのだ」

「投げ文ですか」

若さまが、懐から巻紙を取りだした。

これだ、といわれて小春と冬馬がのぞきこむと、ちょっと待て、といって若さまが聞いた。

「こちらに、夏絵という女はおるか」

「はい……私の母です」

「……そうか、そうだったのか」

「あの……なにか不都合なことが……」

「いえ、おっとすまねぇ。これを読んでくれ」

一度、引っこめた巻紙を、畳の上に広げた。

読み進めていった小春は、すぐに、あっ、と叫んだ。

なんとそこには、夏絵をあずかっている、と書いてあったのである。

しかも最後には署名があり、そこに、ねずみ小僧と記されているではないか。

署名を見た冬馬の顔は、口から泡でも吹こうかというほど興奮している。

「な、なんで、こうなるんですか。夏絵さんが捕まっているとは。それも、ねずみ小僧に捕まっているとは」

小春は、これはどうしたことか、と首をひねり続けている。

二

ねずみ小僧は小春だ。

そして、夏絵は先代のねずみ小僧である。

もっともそれは偽者……小春の祖父が騙ったことである。

では夏絵を誘拐したのは、本物のねずみ小僧なのだろうか。小春たちとは別の者が、ねずみ小僧を騙っているということもありえる。

「それにしても、どうしてこれが、若さまのところに投げこまれたのです」

若さまといえど、本来は若旦那である。その若旦那のところに、なぜ脅迫状が投げこまれたのか。小春は頭が混乱している。

そんな小春の困惑などよそに、冬馬は立ちあがった。

「若さま……すぐ連れていってください」

「どこにです」

「これが投げこまれたところにです」

そこに行けば、なにか手がかりが見つかるかもしれない、と冬馬はいうのだ。

「それは、やめておいたほうがいいなぁ」

「どうしてです」

「これが投げこまれたのは……」

「投げこまれたのは……」

「江戸城だからなぁ」

「え……」

まさか、と小春は若さまを見つめるが、若さまになりきった若旦那は、本気で答えているのである。

なるほど、とそこで得心する。若さまとは、徳川家の若君のことなのだろう。

子どもたちが五十人はいるのではないか、といわれている現将軍であれば、目の前の若さまのような人物がいたとしても、不思議ではない。

落とし胤も含めれば、さぞや風変わりな若さまもいることだろう。

しかし、冬馬も普通の人とは異なり、ぶっ飛んでいる。

「わかりました。では、やはり江戸城に行きましょう」

「え……」

今度は、若さまが驚く番である。

「若さまに私も一緒にくっついていきます。それなら問題はありませんね」

「まぁ、たしかにそうなのだが、いま私は勘当されていてなぁ」

「勘当されていようが、廃嫡されていようが、そんなことはねずみ小僧の前ならどうでもいいです」

「いや、よくはない」

若旦那は目を泳がせている。勘当されてお城に入れない人が、どうして投げ文を手にすることができたのか、その矛盾をふたりとも感じていないらしい。

「まぁまぁ、それではこういたしましょう」

三人の会話に業を煮やした千右衛門が、

「私が、巻紙が投げ捨てられていた場所を探る、というのはどうですか」

「しかし、差配さんにそんなことができますか」

冬馬が疑いの目で、千右衛門を見つめる。そこで初めて、冬馬は若さまが若旦那だと思いだしたらしい。

「あぁ、なるほど、そうですか、そうですねぇ」

ではお願いします、と頭をさげると、若さまがいった。

「この者は、私のそばにいる爺であるからな。この者なら、江戸城にも入れるからな」

「はい、若さま……では、私がこの投げ文の真相を探ってまいりましょう」

「頼んだぞ」

「ところで、若さまはいまどちらにお住まいですか」

「あぁ、両国の船宿に居候している」

「では、そちらまで小春にお送りさせましょう」

冬馬は千右衛門と一緒に、投げ文の真相を探るつもりなのだ。

ふむ、と若さまはうなずき、

「ふむふむ、小春ちゃんと一緒も楽しいかもしれん」

ちゃんづけで呼ばれて照れながら、小春は、お供します、と頭をさげた。

いかにも若さま然とした鷹揚な態度で若旦那はうなずくと、小春を連れて外に出ていき、冬馬は千右衛門と一緒に通りに出た。

「冬馬さま、ひとつお願いがあります」

道端で、千右衛門は足を止めて冬馬を見つめる。

「なんですか」

「これから、目隠しをしていただきます」

「なんだって……それでは調べができぬではないか」

そうでしたねぇ、と千右衛門は困り顔をする。

「他言はしません、絶対に。場所もなにもかも、調べが済んだらすべて忘れましょう。それでどうです」

冬馬の提言に千右衛門はしばらく悩んでいたようであったが、わかりました、と最後は折れるしかなかった。

「ですが、これから駕籠にお乗りいただきます。着くまでは、目隠しをお願いいたします」

どうしても場所は内緒にしておきたいらしい。

しかたがない、と冬馬はうなずき、

「そこまで内緒にするとは、どれだけの大店なのです」

と聞いたが、千右衛門は答えてはくれなかった。


駕籠は、ぐるぐる江戸の町をまわりながら進んでいくようであった。土地勘を狂わせようとしているらしい。

ようやく、駕籠かきの足が止まり、手を引かれて駕籠から外に出た。

「失礼いたします」

さらに手を引かれて、進みはじめる。

目隠しは外されてないから、どこの町なのか判断はできない。

慎重にもほどがある、と冬馬は思うが、

「不快かもしれませんが、いましばらくの我慢をお願いします」

千右衛門の声が聞こえた。

ようやく足が止まり、目隠しが外され、視界が開けた。

「ここは……」

広い庭を前にした濡れ縁に座らされ、その前に若い男がしゃがんで控えている。

「この者が、お相手いたします」

男は、峰吉と名乗った。若旦那とはどんな関係なのか、そこまでは教えてくれないが、

「どうぞ、ご質問を」

峰吉は、はっきりした声で冬馬を見つめる。

目の前にある灯籠が大きくて驚いた。上野のお化け灯籠も、これほどではないだろう。周囲の贅沢さに、冬馬は、ここに来た目的を忘れそうになる。

「あいや、では問います」

はい、と峰吉は頭をさげた。

話を聞くと、巻紙を拾ったのは若旦那ではなく、峰吉だという。

店の前の掃除をしていると、看板の裏になにかがへばりついているように見えた。なんだろうと、峰吉は看板を確かめる。すると、そこに、巻紙が貼りつけられていたというのである。

「ただの紙切れとは、どこか違うという気がしました」

「それは面妖な」

「はい、貼りつきかたが異様でした」

言葉で説明できないが、なにか意味があるように思えたと峰吉はいうのだ。

「それで、はがしてみました」

「すると、巻紙だったというのですか」

「はい、そしてこういう不思議なことが起きたときは、すぐ若旦那に伝えることになっています」

「若旦那……がそれを開いて、読んだというわけですね」

そのとおりです、と峰吉は答えた。

「若旦那は、いまどこぞの若さまになっているようですが」

「はい、巻紙の内容を読んだ瞬間、わはは、と大笑いをして、若さまの私にこんなものを読ませても、出張りはしねぇぜ、といいましたが」

「それは、どういうことです」

「何度も読んでいるうちに、これは、あそこの男に見せたほうがよさそうだ、といいまして」

「それで私のところに来た、ということですね」

はい、と峰吉は、はっきりとした声で答えた。

そんな態度を見ていた冬馬は、峰吉にお願いがあるといった。

「はい、なんでございましょう」

「若さまは、いまひとりで行動しています。いつも私が付き添うわけにはいきません。どうです、私の手伝いをしていただけませんか」

「それは、どうでしょうねぇ」

若旦那が嫌がる、というのである。

「できれば、御用聞き役を務めていただきたい」

「え、十手を持つのですか」

「私が、手札を与えます」

まさかの申し出だったのだろう、峰吉はしばらく思案していたが、

「わかりました。私でお役に立てるならやってみましょう」

「助かります。それに、若さまは巻紙を拾った本人ではありませんからね。くわしい話は峰吉さんに聞かねばならない。なにか思いついたとき、そのたびに目隠しされたのでは、かないませんからねぇ」

「ただし……」

峰吉が、念を押させてくれ、といった。

「なんです」

「私の正体、つまりどこの店に勤めているのか、などですが、それについては若さまと同じで、内緒でございます。それでよければ、お手伝いいたします」

「ううむ、しかたないでしょうねぇ」

ようするに、どこから来てどこに戻っていくのか、住まいはどこなのか、などは、すべて秘密のままという意味であろう。

三

小春は若さまと一緒に、両国に向かった。逗留している船宿の名は、気仙（けせん）というらしい。

若さまは慣れた足取りで、二階にあがった。いつものことなのか、膳とお銚子が運ばれてくる。若さまが、一緒に飲もう、というが小春は丁重に断り、

「母を助けることができるでしょうか」

「さぁなぁ、それは時の運だなあ」

「……若さま、助けてくださいませんか」

「なんだか、面倒な話ではないか。どうしておまえさんの母親が誘拐などされた

のか、そこがはっきりしねぇと、なんともいえねぇぜ」

「はい、そのとおりだと思います」

「私の助けが必要だということは、小春さん、あんたは旦那とは違った探索をしたいということかえ」

「ひとくちでいえば、そうなるかもしれません」

若さまの才をお借りしたい、と小春は本気で相談を持ちかけている。

「ふう……そんなに真剣な目で見つめられると、気持ちがくすぐられちまうぜ」

「お願いいたします」

「ははぁ……母親が誘拐されたのには、なにか複雑なわけがあるね」

「……さすが若さまですね」

「江戸城の生まれだからな」

「はい、それは頼もしい話でございます」

やはり、佐助、十兵衛になりきっていたころの記憶は、すべて忘れ去っているようである。でなければ、小春がねずみ小僧の三代目だと覚えているはずだ。

小春に対して、おまえはねずみ小僧だろうという言葉は、つゆとも出てこない。

それなら、と小春は思いきる。

「じつは……」

じっと若さまを見つめて、自分はねずみ小僧の三代目で、母親の夏絵は二代目なのだ、と告げた。

若さまはじろりと睨んだだけで、なにも聞いてこない。

「驚かないのですか」

「そんなことはない。驚きすぎて声を失っていただけよ」

「そうですか……」

やはり、佐助、十兵衛のなりきりについては、覚えていないのだ。

さらに、小春は卯之助についても語った。

「なんとまぁ、江戸の町には、摩訶不思議があちこちにあるものだなぁ」

「そうかもしれません」

自分でも、とんでもない話をしている、と思いながら、ねずみ小僧には本物と偽者がいるという話をしている。

「卯之助さんは、まだなにか知っているのではないかと睨んでます」

「それはあるかもしれねぇが……」

「なにか気がつきましたか」

「あぁ、最初から思っていたんだが、この誘拐話は最初からおかしいぜ」

「え……どこがですか」

「考えてみねぇ、町のなかでひっそりと暮らしている女を誘拐したところで、身代金など、それほど取れねえよ」

誘拐は大金が手に入らなければ、割に合わねぇ、と若さまはいうのである。

「そういわれてみると……でも、母がねずみ小僧の二代目だと知っているとしたら」

「ねずみ小僧は、盗んだ金品を、貧乏な連中に撒き散らしているのであろう」

「そうですね」

実際は違うのだが、いまは裏事情を述べるときではない。

「そんなねずみ小僧が、金持ちだとは思えねぇよ」

ねずみ小僧とは謳っていても、小春のところはほとんど庶民に施しなどしていないが、そのぶん、そう何度も盗みをしているわけでもないので、蓄えなどないに等しい。小春自身、贅沢な暮らしで育ったわけでもない。

最近のねずみ小僧の活動では、若旦那が投げた小判が、結果的に庶民に流れただけである。そもそも自分たちには、一銭も入ってきてはいない。

――そういえば、千右衛門が置いていく十両包みはありますね……。

しかし、そこまで誘拐犯が知っているとは思えない。

「若さまのいうとおりだとして、その先はどんな推理ができますか」

「なに、簡単だ。本当の犯人はいねぇ、ということだよ」

「え……それは」

「ようするに、夏絵さんの狂言だな」

「まさか……いや、待ってください……そうだとしたら」

「命を狙われていると知って、身を隠したんだ。だけど、誰から狙われているかわからねぇ。そこで、誘拐話をでっちあげて、あんたたちに殺し屋をあぶりだしてほしい、と考えたんだろうよ」

母ならやりかねない話である。だがそうなると、夏絵はなんらかの手段で、若旦那の素性を探りあてたということになる。

「いまごろ、こちらの動向をうかがっているんじゃねぇのかい」

小春は唸るしかない。

「若さまは、どうしてそこまで推量することができたのです」

「巻紙を見たときだ」

「そんなに早いときからですか」

「身代金を要求する輩が、巻紙なんざ使うはずがねぇ。手段が、あまりにもていねいすぎる。それに、金銭のことが書いていなかった」

「それは、私もおかしいなと気がついていました。ですが、別で要求が来るのではないかと思っていたんですけどね」

「先まわりは失敗のもとになるってぇことよ。まずは目先のところから、紐解(ひもと)かねぇとな」

「畏れ入りました」

　わはははは、と若さまは大笑いすると、

「そんなわけだ。夏絵さんがどこに隠れているか、心あたりはねぇかい」

「……あります」


「遅かったじゃないか」

　夏絵は、へらへらしながら小春の顔を見て笑っている。

　ここは、三味線堀の長屋から少し離れた旅籠だ。

　小春が生まれたころは、まだこの三味線堀に住まいを持っていた。

夏絵と小春は、よく三味線堀に停泊している船のなかにもぐりこんで、隠れんぼをしていた、

「すぐ気がつくと思っていたよ」

「謎解きをしたのは、若さまです」

「若さま……誰だい、それは……あぁ、あの若旦那かい」

「お母さんは、若旦那のお店を知ったんですね」

「ああ、忍びだか剣豪だかになりきってたときかね。ふらふらと、おまえの屋敷から帰っていった際に、こっそりとあとをつけたのさ」

「まぁ……それでどこのお店なんです」

「教えられるわけないだろう」

その目を見ると、あきらかになにか隠していると感じられた。

小春は、その件はあとまわしにして、夏絵が人を殺したと聞いたが本当か、と尋ねた。

「馬鹿だね、あんた。三代目さんよ。私が人殺しに見えるかい」

「襲ってきた男を突き飛ばした、と……」

「そうだねぇ……私が死に追いやった、とはいえるかもしれないねぇ」

「冬馬さんたちが来る前に、真実を教えておいてください」

「なんだって、あのぶっとびのうすのろが、ここに来るのかい」

この場所を教えたのか、と夏絵は驚いている。

「殺し屋を見つけねばなりませんから。それには、冬馬さんの力が必要です」

そして、小春は卯之助の言葉を伝える。二代目がまだ子どもだったときに、殺しにきた門番を突き飛ばし、その結果、相手は死んでしまった。

「おおむね、その卯之助とかいう男のいうとおりさ。もっとも、あのごろつきが死んだとは、いまのいままで知らなかったけどね」

ようするに、夏絵は自分の身を守っただけである。

夏絵がため息をついていると、階段をあがる音が聞こえ、やがて部屋の襖が開いた。

「夏絵さん、まだ生きていましたか」

冬馬が前に座り、夏絵は、あぁ、なんて嬉しい言葉だこと、と苦笑する。

「いえいえ、生きていれば、なにかいいことがあります」

「あたしゃ、自分で死のうと考えたことなどないよ」

「そうですか、それはよかったです」

「おや、若さまとやらは来ていないのかい」

そういいながら、夏絵は峰吉に目を向ける。

「初めてお目にかかります、あっしは峰吉といいまして、つい数日前に、猫宮の旦那から手札をいただきました」

お見知りおきを、と峰吉がいうと、

「やっと、まともに会話ができる人が出てきたらしい」

「お義母さん……」

冬馬が真面目な顔で声をかけた。

「な、なんだい、いきなりあらたまって」

「どういうことか説明してもらえますか」

夏絵は、小春に目を向けた。どこまで話していいのか、という問いであった。

「そこについては、私から話しましょう」

小春が申し出た。

ねずみ小僧のくだりをごまかしながら伝えるには、夏絵より自分のほうがいいと判断したからであった。

過去に起きた小春の祖父の濡れ衣事件を話し、その仕返しの一環で夏絵が男に襲われ、結果、男が亡くなってしまったのだと告げる。

話を聞いた冬馬と峰吉は、同じように首を傾げた。

「なるほど。身を守るために男を蹴飛ばし、相手はそれで命を失ったと」

冬馬がつぶやくと、

「蹴飛ばしてはいないよ。突き飛ばしたんだよ」

「ああ、まぁどちらでもいいのですが、それでいまになって、小春さんのお祖父さま……というより、もはや小春さんの一族に対する復讐ですね。それが再開された……それで、なぜ狂言誘拐など演じたのですか」

「だって、そうでもしないと、あんたたち町方は本気になってくれないだろう。単に身を隠しただけじゃ、なにか理由があって姿を消したんだろうって、放っておかれるだけじゃないか」

「でも、なぜいまごろになって、復讐がまたはじまったのでしょうか」

「そんなこと、私が知りたいよ、まったく……」

夏絵は、どこか面倒くさそうである。

「それより、早く私の命を狙っている殺し屋を探しておくれよ」

「最近、なにか変わったことはありませんでしたか。見知らぬものが周囲を歩きまわっていたとか、誰かの訪問を受けたとか」

思わず、夏絵は小春に目を送る。卯之助の訪問は、大きな異変だろう。そこから見えぬ敵が動きはじめていると思えるのだ。

——こんなとき若さま……いや、若旦那ならばどんなふうに考えるだろうか。

思わず小春は、そんなことを思ってしまう。

「そういえば旦那さま、若さまはどうしたんですか」

ふと、小春は尋ねてみた。

「気仙で、手枕をしながら居眠りをしています」

「まぁ、こんな大事なときにですか」

「なんだか知りませんが、誰かを待っているようです」

するとと峰吉が、私を待っているのかもしれない、とつぶやいた。

「どういうことです」

「いいえ、なんとなくそんな気がします。御用聞きは大変だ、事件の糸口が見えねぇ、と私がぼやくさまを待っているのだと思います。それで、おもむろに自分が出陣したいのではないでしょうか」

「なんとも面倒なお方ですね……では、すぐ行ってみましょうか」

四

一行は両国に向かい、気仙という船宿の二階にあがった。

案の定、若さまは手枕で居眠りをしている。廊下にまで銚子が転がっていたが、嗅いでみると、中身は水のようである。

「若さま、ご機嫌よろしいようで」

峰吉は、まず私が先に行きます、といって、ひとりで部屋に入った。冬馬と小春は廊下に控えている。

「……ん、なんだ、峰吉か。なんだい、またおおげさな事件なのかい」

「へぇ、若さまのそのご慧眼で、紐解いてもらいてぇことがありまして」

冬馬や小春には、聞こえている会話は焦れったいのだが、しかたがない。

峰吉は、夏絵から聞いた話を若さまに伝えた。同じ内容は小春から聞いているはずだが、初めて聞いたような顔で、若さまは手元の銚子を傾ける。

「へぇ、そんなことがあったのかい」

「どうでしょう、なにか見落としがあるようでしたら、教えていただきたいと思いまして」

「ふん、いつもおまえはそうやって、わしにただ働きをさせる」

「へへへ、これも商売でして」

「そういえば、あの薄っぺらい同心はどうした」

「……猫宮の旦那なら、あとからお尊顔を拝しにくると思います」

聞いていた冬馬は思わず苦笑する。

――薄っぺらいとは、なんだ……。

「ご心配はいりません、旦那さまはどこも薄っぺらくはありませんよ」

小春が小声でささやいたところで、若さまの声が聞こえた。

「そこに隠れている薄っぺらい同心と、できがよくてかわいい奥方。なかに入ったらどうだい。最初からばれておるぞ」

苦笑を消さぬまま、冬馬は障子戸を開いた。

「これはこれは、若さま。ご機嫌うるわしい」

「一杯いくかい」

水しか入っていない銚子を差しだされた。それを丁重に断って、冬馬はにじり寄る。

「夏絵さんを狙っている殺し屋について、目星がつきましたら、教えていただきたいと思いまして」

「あぁ、簡単な話だな」

「へ……そうなんですか」

「みんなは、目の前にある材料を複雑にするから、真実が見えなくなる」

「ははぁ……」

「よいか、考えてみよ」

「どこから考えましょうか」

「まずは、夏絵さんが狂言をおこなった」

「はい、そうですね。自分が狙われていると気がついて、姿を消しました」

「なぜだ。どうして夏絵さんは、自分が狙われていると気がついたのだ」

「あ……いわれてみたら、たしかに」

「まずは、そこが階段の一段目。二段目は、どうしていまごろになって、命が狙われだしたか」

「たしかに、そこは疑問があります」

「だから、それを夏絵さんに聞けばよいのではないか。かならずなにか隠されているはずであるぞ」

「ははぁ……」

わかったようなわからぬような答えである。冬馬はさらににじり寄って、

「ほかには、なにかありませんか」

「いまはないな。いや、あるか。だが、まだはっきりしておらぬから、明白にいいきることはできぬ」

「それは、なんでしょう」

若さまは、ちらりと小春に目を向けると、すぐ外して、

「それは、もう少し探索が必要である」

そういって、また横になってしまった。やがて手枕をしたまま、いびきをかきはじめた。

小春は、若さまが言葉を濁した理由に気がついていた。

それはおそらく、卯之助についてだ。

その名を出せば、冬馬は、卯之助のことを追及するだろう。そうなると、ねずみ小僧の話をしなければ、整合性がなくなってしまう。

若さまが最後に小春を見た際の目の動きは、卯之助に会え、という謎掛けかも

しれない。

しかし、こんな様子になるとは考えていなかったから、卯之助の居場所は聞いてはいない。

そこで、小春は気がついた。若さまがいいたかったのは……。

卯之助がどうして、夏絵が狙われているなどと、わざわざ伝えにきたのか。そんなことをする理由はなんだ。

――そういえば……卯之助は、十手持ちだったといってましたね。

その周辺を洗えば、卯之助がどこにいるのか見つかるかもしれない。

だけど、冬馬には頼めない。では、どうしましょう……。

そうか、と小春は手を叩く。峰吉に頼むという手があった。

冬馬には内緒で、元御用聞きだった卯之助という男を探してもらいたい、といえば、自分がねずみ小僧だといわなくても、頼めるのではないか。

若さまへの対応や冬馬に対する言動を見ていると、峰吉は信用できるし、それだけの才覚もありそうだ。

冬馬は、まだなにか聞きたそうな顔をしているが、小春は、用事を思いだしました、と若さまに合図の目線を飛ばした。

小春は夏絵の隠れ家に向かった。

三味線堀の岸辺では、子どもたちが遊んでいる。夏絵と一緒にいたころが、なつかしい。しかし、いまはそのような感傷に浸っているときではない。

夏絵は、宿の部屋でじっとしていた。

普段の姿を見ている小春からしてみると、身をひそめている夏絵が不憫(ふびん)であったが、いまは耐えてもらうしかないだろう。

「お聞きしたいことがあります」

「そらぁ、たくさんあるだろうねぇ」

「どうして、殺し屋が来ると知ることができたのですか」

夏絵は、ふぅ、と息を吐いて語りだした。

数日前のこと、夏絵は飛鳥山のお稲荷さんのお参りに行ったという。

信心深いほうではないが、ねずみ小僧になってからは、ときどき通っていたという。ねずみがお狐さんにお参りするのも楽しいだろう、と夏絵は笑う。

「神社の階段をのぼっているときだったよ」

普段からまわりには目を配っている。それは、ねずみ小僧として生活していたときからの癖のようなものだ。

「そしたら後ろから、たったたた、と階段を駆けあがる音が聞こえてきたんだ」

お稲荷さんの階段はせまいため、そんなのぼりかたをする者はあまりいない。不審に思って、夏絵は振り向いた。手ぬぐいで顔を隠した男が、夏絵めがけて駆けてきていた。

その姿を見て、これは危ない、と瞬時にして気がついたという。

同時に男は、手に黒いものを持っていた。

「あれは、出刃包丁だったね」

どうやって身を隠すか、周囲を見まわす。

階段から外れた左右は、林である。とりあえず夏絵は、そこに飛びこんだ。男も続いて、身体を飛ばす。

這いつくばったまま、夏絵は逃げようとするが、足をつかまれ、出刃を刺しこまれそうになった。夏絵は、足を思いっきりバタバタと振った。

包丁が一瞬、離れた瞬間を狙って、握った砂を男の目に放った。砂が目に入ったのだろう、男の動きが止まった。

「そのとき、思いっきり顔を踏んづけてやったのさ」

そうして、かろうじて逃げることはできたが、まったく敵の正体がわからない。このままでは、いつまた狙われるかわからないのだ。

「だから、狂言を考えたのですか」

「敵がのこのこと、うごめき出てくるのではないか、と思ったけどねぇ」

「もしかすると……」

そこで小春は、卯之助のことを持ちだした。夏絵もうなずいて、

「私も怪しいと思っていたんだ。命が狙われていることを教えにきたといいつつ、こちらの動向を探っていたんじゃないのかねぇ」

いずれにしろ、その卯之助とやらの居場所を早く突き止めな、と夏絵はため息をついた。

五

冬馬の探索を手伝っている峰吉が、ひとりで小春を訪ねてきたのは、それからしばらく経ったある日の昼過ぎのことである。

その顔を見れば、なにか成果があったと感じられた。

「卯之助は見つかりましたか」

小春は期待の声をかける。数日前、峰吉に事情を話し、卯之助の根城を探してくれるよう頼んでおいたのだった。

「わかりました。やつは、千住宿にいるようです」

「千住に……どうしてそんなところに」

「まぁ、姿を隠すには、そんな場所が最適だからでしょうねぇ」

旅客が泊まる旅籠は、いろんな仕事の者たちが集まっている。侍もいれば、お店者もいる。坊主もいれば、百姓も大工も神主もいる。数多の人間がいるのだから、身を隠すにはちょうどいい。

小春は峰吉の説明にうなずき、

「では、卯之助についてわかったことを教えてください」

はい、と峰吉は語りだした。

「まずは、御用聞きをやっていた卯之助という男を探しました」

あちこちの御用聞きに卯之助の名前を出して、尋ねてみたのだ。

御用聞きは、もとは凶状持ちも数多くいる。庶民に御用聞きが嫌われているのは、そんなところからなのだが、使うほうからしてみると、蛇の道は蛇。それだけ使い勝手がいいのだ。

したがって、仲間を売る話はしたくねぇ、という輩もいたらしい。

「それは大変でしたねぇ。どうやって聞きこみができたのですか」

「へぇ、まぁ、それはなんとか……」

その顔を見て、小春はピンときた。

なるほど、若旦那の店で働いているのだから、賄賂には困りませんね……。

自分で賄賂の金子を出さずとも、若さまから都合してもらうこともできる。

「それで、卯之助とは何者だったのです」

幸運にも峰吉は、探索の最中、ある島帰りの男に行き着いた。

以前に卯之助は酔っ払ったあげく、自分の話を自慢げに話したのだという。

そいつは、見てきたような口ぶりで、卯之助の過去を明かしてくれた。

卯之助が御用聞きになったのは、十年ほど前のことであった。十手をあずかる前は、ご多分に漏れず、押しこみ強盗の類を生業としていたらしい。

そんななか悪運が尽きたのは、日本橋の大店にもぐりこんだときであった。

大店に卯之助が忍びこむと、そこには先客がいた。

全身、黒装束である。盗人縛りの手拭い姿を見て、卯之助は、その姿をどこかで見たような気がした。

否、見たわけではない。

噂に聞いただけだ、と卯之助はそのとき気がついた。

――あれは噂に聞く、ねずみ小僧か。

その動きは、優雅に見えた。

本当にねずみ小僧がいるのか、と卯之助はその存在を疑っていたくらいだった。

まさか自分が忍びこんだところに、有名な賊がいるとは……。

その瞬間、卯之助の頭に雷が落ちた。

やつを捕まえれば、賞金が出るはずだ。それをいただいてしまおう。

賞金を出しているのは、日本橋界隈の大店たちという噂だ。金額はたしか、一軒につき百両。十軒も集まれば、千両になる。

押しこみをやるよりは、やつを捕まえて、千両をもらったほうが大きい。

そこまで瞬時に考えたのだが、気がつけば、ねずみ小僧の姿は消えてしまっていた。

しかし、その逃げ際、卯之助の足元になにかを投げつけていたのである。

え……。

卯之助の足に縄が絡まっていた。そのせいで、逃げようとしても、足を取られて動けない。足をもつれさせたまま、卯之助は転がってしまったのである。

曲者、という声が聞こえて、廊下に人が集まってきた。

寝転がっている卯之助を見て、誰かが町方を呼んだ。

つまり、卯之助が捕縛された直接の原因は、ねずみ小僧と遭遇したからであった。

しかし、捕まった卯之助は、足を洗って御用聞きになりたい、と申し出た。

普通ならばそんな要求は拒否されるはずだが、御用聞きになることができた。

自分は、本物のねずみ小僧の姿を見ている。さらに、捕縛された恨みを晴らしたい。それが奉行所の手柄にもなるはずだ……と必死に説いたからだ。

つまりは、その言葉に乗った同心がいたということになる。

「名前は、鍋山藤吉(なべやまとうきち)というお人だったそうです。なにか裏があるのかと思いましたが、すでにその方は亡くなっている、という話でした」

小春は峰吉の話を聞いて、卯之助が自分を訪ねてきた理由がわかった。

お縄になった卯之助は、長年、ねずみ小僧を追いかけていたのだ。

そして、夏絵の正体に気がついた……。

卯之助が出会ったねずみ小僧は、おそらく初代だろう。つまり、夏絵の父親である。

夏絵の父、つまり小春の祖父は、すでにこの世にはいない。

初代がいないから、二代目の夏絵を狙ったのだろうか……。

だが、いつどこで、夏絵がねずみ小僧だと気がついたのか。まだ謎が残されている、と小春は感じる。

峰吉は、小春の考えをうかがうような目つきで、

「この卯之助という男がどう関係してくるのかわかりませんが……とりあえず冬馬さんにも報告いたしますか」

そうですねぇ、と小春は思案をしてから、

「若さまは、いまどちらにいるのです」

「はい、それがいまだに、気仙で居眠りをしているようなんです」

「なにか考えがあるのでしょうか」

若さまはなにを考えているのか、さっぱりわからない、と峰吉は笑った。

卯之助は、たしかに千住宿にいた。

千住宿は、日光街道、奥州街道の玄関口であり、北から江戸にのぼってきた旅人たちの終着でもある。それだけに、大勢の旅客でごったがえしている。姿を消すには、ちょうどいい場所だと思っていたのだが、早くも自分のまわりを誰かが探っていると感じていた。

こんなにあっさりと居場所がばれるとは……。

裏社会の知りあいや御用聞き仲間たちは、自分を売るような真似はしないだろう。そう考えていたのだが、ちょっと甘かったかもしれねぇ、とほぞを噛む。

仲間が卯之助を売るとしたら、金を積まれたときか、おのれの命が危なくなったときだろう。いまのところ、周囲に剣呑な雰囲気はないが、それでも誰かが卯之助を売ったことになる。

――だとしたら、金か……。

悪党たちや御用聞きは、金に汚い連中が多いのだ。

――自分の力を過信していたかもしれねぇ。

小春のところに出向いたのは、失敗だったのか。

危険をともなってはいたが、夏絵の動向を探るためには必要だった、と自分にいいきかす。

卯之助がねずみ小僧へ恨みを抱いているとは、まだ夏絵親子は知らぬはずだ。じつはつい最近まで、夏絵を殺す計画などはなかった。夏絵の存在すら、知らなかったのである。

それがある男の話をきっかけに、夏絵という女が仇だ、と目をつけることになった。

御用聞きを辞めてから、どれほどの年月が経っているのだろうか。

鍋山藤吉が亡くなったと同時に十手は返上してあったが、裏社会の情報を町方に流す、いわゆる犬仕事は続けていた。

いまでも、あちこちから悪党たちの噂は入ってくる。

奉行所に悪党の動きを流し、その反対に、奉行所の動きを悪党たちに流す。

二重の密偵という立場に、卯之助はいるのだった。

しかし、と卯之助はつぶやく。

――あの男と会わなければ、夏絵という女は知らぬままだったろうなぁ。

その男と出会ったのは、ひと月ほど前のこと。

名前はいわずに、流しの殺し屋だ、といって卯之助の目の前に現れた。

卯之助が犬だと知って、近づいてきたらしい。目的は、殺す相手について裏の情報を知りたい、とのことであった。

殺し屋は、数人の大店の主人の名前を口にした。

何人も殺すつもりなのか。それとも本命は誰なのか、こちらに気づかせないためなのか。

だが、誰が殺されようが、卯之助にはかかわりのない話である。それぞれの店や家の事情などを知っているかぎり教えた。

問題は、そのあとに起きた。

殺し屋は昔語りで、ほくろのある同業の男の話をはじめたのである。

「ほくろ……」

思わず、卯之助はつぶやいた。

「顔のどこに、大きなほくろがあったんだい」

「右の頬だな」

兄貴と同じだ……。

「その男が、どうしたんだ」

「あぁ、どじな野郎でなぁ。若い女を襲って、返り討ちに遭ったのさ」

場所はどこかと聞いたら、三味線堀だ、と男は答えた。

どきり、とした。

卯之助の兄は、渡りの中間をしており、あちこちの屋敷で働いていた。そして死んだと聞かされたときの仕事場は、たしか三味線堀の武家だったはずだ。

兄は渡り中間として暮らしつつ、金を積まれれば殺しも請け負った。

そのころ、卯之助はまだ相模にいた。二十歳になろうとしていたが、定職にもつかず、ぶらぶらしていた。

そんなとき、兄が死んだと聞いて江戸に出てきた。

転んだ拍子に頭を打ちつけたという、あっけない死だった。現場の様子から、誰かに突き飛ばされたらしいというのはわかったが、くわしいことは誰も知らなかった。ごろつき同然の中間が死んだところで、町方もろくに調べなかったのだろう。

だが、卯之助は納得がいかなかった。

三味線堀を訪ねたとき、兄が死んだのが、ある侍の家だと知った。だが、その一家はすでに武士の身分を捨て、どこぞへ消えていた。

近所の聞きこみで、おぼろげながら事情がわかってきた。どうやら兄は、その家の娘を襲おうとして返り討ちに遭ったらしい。

一家の引越し先は、誰に聞いてもはっきりしない。

やがて卯之助は兄の仇討ちを忘れ、また押しこみ強盗をはじめる。

そして、そろそろ引退しようとしていたときに、殺し屋から兄の話を聞くことになったのである。

驚きながら話を聞いていると、なんと、兄を突き飛ばした娘、そしてその父親こそが、かの有名なねずみ小僧だというではないか。

「どうして、そんなことがわかったんだ」

卯之助は目を見開いたまま、殺し屋に質問を続けた。

「ふっ……本家のねずみ小僧とは知りあいだったからだ」

本家のねずみ小僧とはなんだ、と卯之助はさらに聞いた。

ねずみ小僧には、本物と偽者がいる。本物のねずみ小僧とは、裏稼業の連中が集まる場所でよく会っていた、というのであった。

そのとき、まがい者がいて迷惑をしている、と憤っていたという。

本物のねずみ小僧とは、いったいどんなやつなのかと尋ねると、

「そんな踏みこんだ話はしていねぇよ」

あっさりと逃げられた。

ふたたび殺し屋は、話を続ける。

本物は、偽者がどこの誰なのかを、徹底的に調べた。

すると、なんとそいつは、侍だったというのである。

「いま、本物はどこでなにをしているんだい」

本物は、とっくに死んでしまった。だから、いまもあちこちに現れているねずみ小僧は、偽者のほうだ、というのである。

「偽者の初代、とでもいえばいいかな。元侍のねずみ小僧は死んで、それを継いだのが二代目。そしていまは、そのまた娘が継いでいる。つまりねずみ小僧は、元武家からその娘、そして、さらにその娘に受け継がれているのさ」

そこで卯之助は、心に引っかかっていたことを明かした。

「……じつは、そのほくろの男は、俺の兄貴だ」

「なんだって」

卯之助は、兄貴にはほくろがあり、三味線堀の武家で門番を勤めていた、と殺し屋に告げる。それとともに、みずからのねずみ小僧との因縁も語った。

「なるほどなぁ。てぇことはあんたは、兄を殺された恨みと自分が捕まった恨み……ねずみの一家に、二重の恨みを抱いているってわけかい」

そういうことになるな、と卯之助はつぶやいた。殺し屋はなにを考えているのか、にやにやと不気味な笑みを浮かべている。

卯之助は絞りだすようにして、

「あんた……その偽者のねずみ小僧一家の、いまの居場所はわかるかい」

「あぁ、富沢町にいるぜ。夏絵っていぇ女だ」

名前とくわしい居場所を聞いた卯之助は、すぐさま富沢町に向かった。泊まっていた旅籠の台所から盗んだ出刃包丁を、懐に突っこんでいた。人を殺すなら、匕首より出刃のほうが確実だぜ、と殺し屋から聞いていたからだった。

「出刃包丁のほうが、匕首より厚みがあるからな。骨まで穿てるんだ……」

にやりとしたその顔は、まさに殺し屋だった。

富沢町では、教えられたとおりすぐに夏絵は見つかった。

裏稼業を長く続けていた卯之助は、すぐさま夏絵が普通の女とは違うと見抜いていた。左右への目配りや、角を曲がる際に、後ろに気を遣ってどちらかに身体を近づけるさまなど、それはあきらかに、はさみ撃ちを避けるための用心ではないかと思えた。

そして、夏絵が稲荷神社の境内に入ったときに、我慢できず襲いかかったのである。

しかし、見事に逃げられてしまった。

しかも夏絵は、翌日には住まいの長屋から姿を消していた。御用聞きをしていた卯之助から見ても、そのすばやさは見事なものであった。

やはり、夏絵がねずみ小僧だという話は本当らしい。

そこで卯之助は、ある計画を立てた。

このままでは、夏絵の隠れ場を見つける術はない。それなら、娘のほうを動かそうという策であった。

だが、どうやらその策は失敗したらしい。ここ数日、自分の身辺を探っている連中がいると、気がついた。

小春の夫は、北町の定町廻り同心だ。探りまわっているのが、町方という可能性もある。さすがに、自分の家族がねずみ小僧の一族だとは明かせないだろうが、ほかの適当な理由をでっちあげることもできるはずだ。

いずれにしろ、もっと警戒しなければいけねぇ、と卯之助は考え、

「この際だ。こっちから、また出向いてやるか……」

卯之助は新しい計画が必要だ、と考えはじめているのだった。

六

若さまを訪ねた小春と峰吉は、気仙を出る冬馬とすれ違った。

こちらには気がついていないのか、そのまま通りすぎていく。

いまのところ、卯之助に関しては、蚊帳の外に置かれている冬馬である。行きづまって若さまを訪ねたのだろうか、と小春は少し可哀相になったが、しかたがない。

若さまは脇息に肘をかけて、なにか考えている風であった。

小春と峰吉が入っていっても、顔を向けてこない。しばらく待っていると、

「今度は、おまえたちか」

面倒くさそうに、目を向ける。

「さっき、おまえさんの旦那が来ていたぞ」

「はい、通りすぎていく姿を見ました」

「あれこれと悩んでいるようであったがな」

そうですか、と小春は沈んだ声を出す。

「まぁ、殺し屋を見つけるまでは、しょうがねぇだろう」

「早く見つけたいと願っていますが……」

そうだな、と若さまはうなずいてから、

「峰吉、猫宮の旦那は、おまえさんが顔を出してくれねぇと嘆いていたぜ」

はぁ、と苦笑する峰吉に、

「こそこそと、なにやっているんだい」

卯之助を探っていたら、千住宿にいました、と峰吉は答えた。

「よし、いまから千住に行こう」

突然、若さまは脇息を蹴飛ばして立ちあがった。


東西十五町、南北三十五町。宿並間数千二百五十六間、その左右に旅亭商家の軒を並べて、旅人絶ゆることなく……。

千住宿に着くと、人が思っているより多くて目がまわる、と若さまは愚痴った。

千住などは田舎だから、人は少ないと思っていたようである。

「まぁ、宿場町ですからねぇ」

峰吉がいうと、おや、と若さまは突然、足を止めた。その目は、ひとつのところに向けられている。

　と、小春がつぶやいた。

「あれは……旦那さま」

　峰吉も続けて叫んだ。

「猫宮の旦那じゃありませんか。どうしてここへ」

「卯之助を追いかけてきたのか」

　若さまは、驚きながらも笑っている。

「ほら見ろ、あの男は一見、ぶっとんだ変わり者に思えるが、やはり、ただ者ではないようだぜ」

　冬馬は、ひとりで来たのだろう、供や連れがいるようには見えなかった。きょろきょろしているのは、土地勘がないからだろう。

　やがて、冬馬の目がこちらに向けられた。

「見つかりました」

　峰吉が走っていき冬馬のそばに着くと、手ぶり身ぶりで会話を交わしている。

　冬馬はうなずきながら、驚きの目で小春を見つめていた。

　峰吉と一緒に、こちらへと近づいてきた。

「小春さん、若さまも。どうしたんです、三人一緒とは」

「それより、おめぇさんは、どうしてここへ来たんだい」

若さまが問うと、

「千住に行け、と投げ文があったんです」

「え……それは誰からか、わかりますか」

峰吉が驚いている。

「わかりませんよ。どうして千住なのか、そこになにがあるのか。どうして私にそんな投げ文が舞いこんできたのかも。なにがどうなっているのか、さっぱりわかりません」

その冬馬の告白に、若さまは大笑いする。

「ははは。どうやら、私たちは誰かに踊らされているようだ」

「踊らされている……誰にです」

冬馬は、きょとんとしたまま訊いた。

「まぁ、そのうちわかるだろうよ」

若さまは答えないまま、

「で、その投げ文には、千住のどこに行けとか誰に会えとか、書いてあったのかな」

「千住に行け、そのひとことだけです」

だからよけいに意味がわかりません、と冬馬は答えてから、

「それにしても、小春さんはどうして一緒なんです」

詰問調ではなく、心からの問いだった。小春がいい淀んでいると、若さまが助け船を出す。

「そらぁ、簡単な話よ。あんたの奥方の母上は、命を狙われているのだぞ。その殺し屋を見つけたいと思うのは、あたりまえだろう」

わははは、と大口を開く。

冬馬は、なんとなくその笑いにごまかされてしまいそうになる。

「いや、それはそうですが、どうしてここにいるのかがわからない……」

困ったような顔で、冬馬は小春を見つめた。

「旦那さま、すみません。つい若さまに相談をしてしまいました。それでこちらに、一緒に来てしまったのです。本当は旦那さまに相談をしなければいけなかったと思いますが……」

そこで言葉を切ると、冬馬はうなずき、わかってます、と答えた。

「私に心配をかけたくなかったから、黙っていたのですね。はい、小春さんはそういう優しいところがありますから」

「…………」

小春は返す言葉がない。冬馬は小春の手を取り、大丈夫です、怒ってなんかいませんから、と抱きしめた。

「あ……人前です」

「いいのです、人前だからこうしているのです」

「でも……」

「見られたほうが、いいのです」

小春の顔は朱に染まっている。

若さまは呆れ、峰吉は目を伏せて、笑いをこらえていた。

抱きしめていた小春の身体を離すと、それにしても、投げ文があったとは不思議な話だ、と冬馬は首を傾げる。

若さまは、本当に気がつかねぇのかい、といった。

「はい、若さまには、その謎が解けているのですか」

「簡単なことではないか。いままでの流れを見ていたら、誰が投げ文をしたかなどは一目瞭然。火を見るよりもあきらか、鳶に鷹ではないか」

「……はぁ、なんのことか、やはりわかりません」

そこまで訊いていた小春が、わかりました、と声を出した。

「母ですね……」

「それしか考えられねぇ。私たちはどうやら、夏絵さんに踊らされているような気がするぜ」

「ははぁ……でも、どうして千住に来るようにと書いたのでしょうねぇ」

「それは、なにか自分で仕入れた情報があるからだろうよ」

母の夏絵は、二代目ねずみ小僧である。その経験を活かそうとしたに違いない。自分を狙っている殺し屋は誰なのか、それをひとりで探ったのではないか。

そう考えると、投げ文の謎も解けるのだが……。


四人が千住の街道筋で立ち話をしている姿を見ながら、なにやってるんだい、とつぶやいている女太夫がいた。

編笠をかぶり、三味線を抱えた姿は、街道筋で門付けをするように思えるが、そんな気配はまったくない。

「せっかく私が調べた結果を、変わり者の婿どのに教えてやったのに」

つぶやいた女太夫の正体は、夏絵だった。

三味線堀に隠れていた夏絵は、自分を殺しにくるほど憎んでいるとしたら、突き飛ばした門番のかかわりだろう、と推量した。

飛鳥山で襲われたとき、殺し屋は出刃包丁を使っていた。

逃げ惑いながらも夏絵は、その包丁に印がついていることに気づいていた。つまりは、その印をたどっていけば、包丁の出処（でどころ）がわかる。

夏絵は記憶を頼りに、出刃包丁の印を調べた。それは、丸に囲まれた清、というものであった。

出刃包丁を作った鍛冶屋の刻印なのか、あるいはほかの刻印なのか、まずはそこから調べた。

こんなときは、古道具屋に行くといい。

日本橋、両国、浅草、とまわり、下谷にある古道具屋に行ったときに、店の親父が教えてくれた。

「その刻印は、おそらく千住宿の清野（きよの）屋さんで使っているものですよ」

清野屋は宿の旅籠のひとつで、以前、そこの古くなった包丁を扱ったことがある、というのである。

その清野屋の料理人が使っているはずだ、というのだった。

もしかすると料理人が殺し屋なのか……そんな疑いを持って、夏絵は千住に飛んだのだが、清野屋の周囲を探ってみたところ、料理人は直接関係ないのではないか、という結論となった。

料理人はみな十年以上も前から奉公を続けているらしく、とても殺し屋と兼業しているようには思えない。

では、泊まり客がその包丁を持ちだしたのではないか。

そこで、泊まり客たちを見張ってみると、

「いた……やつだ……」

どうやら男は、夏絵襲撃に失敗したあとも、同じ旅籠に泊まり続けていたようだった。

夏絵は、編笠のなかから目を光らせた。

最近、卯之助が気配を感じていた相手は、冬馬の手下などの町方ではなく、夏絵の目であった。

腕利きの殺し屋ならば、その気配の違いに気がついたのかもしれないが、卯之助にはそこまでの能力はなかったのである。

七

若さまは、こちらを観察している女太夫に気がついていた。

しばらくじっと見つめていたが、ふっと息を抜いてにやりとする。

その笑みを見た冬馬は、どうしたのか、と尋ねた。

「なに、なんでもねぇよ」

つっけんどんに答えただけである。

「さて、千住のどこを調べたらいいのですかねぇ」

峰吉は、卯之助が千住にいるところまでは調べをつけたが、旅籠にいるのか、それとも近在の百姓家にでも逃げこんでいるのか、そこまではわからない、とため息をつく。

「なに、誰かがそこまで誘ってくれるだろうよ」

そういうと、若さまはいきなり両手を天に向けて、

「ふむ……どっちだ、あっちかこっちか」

「……なにをしているんです」

峰吉が問うと、

「風を読んでいるのだ」

「へぇ、若さまは風も読めるんですねぇ」

本気で聞く冬馬に、峰吉は呆れている。

「よし、こっちだ」

「本当ですか」

「私の風読みは、天眼鏡（てんがんきょう）を使った占い師よりも当たるのだ」

そういうと、すたすたと歩きはじめる。

千住宿は、千住大橋を境に、人の流れがふたつに分かれる。若さまは、千住でも千住河原町と呼ばれる一角に向かった。河原町に入ると、すぐ白壁の旅籠があった。

その前に、女太夫が立っていた。

足を止めた若さまは、あの旅籠を見張ろう、といった。

しかし、三人はどうしてその旅籠が見張り先なのか、理由がわからない。

「あの……若さま、申しわけありませんが」

峰吉が、腰をかがめて訊いた。

「どうして、あの旅籠を見張るんです。その存念を教えていただきてぇ」

「わからぬか。あの女太夫がいるからだ」

「それはどういう謎掛けです」

すると、若さまは大きな声で叫んだ。

「おい、小遣いをやるから、こっちに来たらどうだ」

馬鹿でかい声が聞こえたのだろう、女太夫は編笠のままこちらを向いた。

「あ……あれは」

すぐに、小春が気づく。続いて冬馬も、あれぇ、と頓狂な声をあげた。

峰吉だけが、なにが起きたのかわからずにいる。

と、夏絵と思われる女太夫は、三味線を抱えたまま、いきなり走りだした。逃げたのである。

ぐんぐんと後ろ姿は遠くなり、やがて、その姿は見えなくなってしまった。

「な、なんで逃げたのです」

呆れながら、冬馬がつぶやいた。

若さまは笑いながら、とにかく、あの旅籠を見張ろうという。

小春と峰吉は、見張り場所を探す。

旅籠がよく見える場所はないか、と周囲を見ると、葭簀張りの茶屋が立っていた。茶を運ぶ老婆が見えている。

若さまは懐に手を入れて、茶屋まで進んでいく。

そして老婆になにやら話しかけると、手に巾着を渡した。老婆は何度もお辞儀しながら、それまで縁台に座っていた客たちを追いたて、どうぞ、と示す。

若さまは、ふむと答えて冬馬たちを呼び、ここに座れという風に、ぽんぽんと縁台を叩いた。

卯之助と小春は、お互い顔を知っている。おそらく、冬馬の顔も見ていることだろう。若さまは自分と峰吉が前に座り、冬馬と小春は、隠れているように指示をした。

出てきた茶や串団子を口にしていると、

「卯之助が出てきました」

小春が、団子をひとつ残したまま報せた。

よし、と若さまは立ちあがって、

「いっきにかたをつけるから、おまえたちは見ていろ」

そうはいったが、その言葉を鵜呑みにはできない。

見た目は若さま然としていても、中身は若旦那である。剣術は、武家の子どもにも負けるだろう。

峰吉が、冬馬に目配せをする。若さまには任せておけない、という合図だった。

冬馬は、わかった、とうなずいた
「今回、若さまはこっちで、団子の残りでも食べて見学をしていてください」

冬馬が若さまの袂を引っ張って、縁台に座らせた。

不服そうにうなずいた若さまは、冬馬たち三人が卯之助に近づく様子を黙って見ている。

最初に卯之助に近づいたのは、小春だった。

卯之助が驚愕している様子が、手に取るようにわかる。それでも度胸はあるようで、堂々とした態度は崩さない。

こうなってはやはり縁台に座っているわけにはいかぬ、と若さまは三人のそばに近寄っていく。

と、卯之助の絞りだすような声が聞こえてきた。

「てめぇの母親が、兄貴を殺したんだ」

「門番は、あなたの兄だったのですか……そうだとしても、もともとは、よからぬことを考えた、あなたの兄上が悪いのでしょう」

「そんなことはどうだっていい。とにかく兄貴は、おめぇの母親に突き飛ばされて死んだ。それがすべてだ」

卯之助は懐から、出刃包丁を取りだす。

「母親がいねぇなら、代わりに、おめぇに償ってもらうぜ」

すると、冬馬がすたすたと進み出て、

「あなたは、頭が変ですね。あたへんです」

「……なんのことかわからねぇよ」

「すべては、おまえの兄のおこないのせいでしょう。自業自得という言葉を知っていますか」

「やかましい。誘われたんだ。そうにちげぇねぇ」

「まさか、あの夏絵さんにかぎって、男を誘いこむような人ではありませんよ。人をいつも見くだしていますからね」

「生意気な女だ」

「そうです、生意気なんです。それでも、筋はしっかりと通ってますからね。くだらぬ男に言い寄るような、頭がおかしな女ではありません。ですから、突き飛ばされて頭を打ったのだとしても、そっちが悪いのです」

冬馬の言葉は、夏絵を褒めているのか貶めているのか、よくわからない。

問答が面倒になったのだろう。

やかましい、と卯之助は叫び、出刃包丁をかまえて、

「おめぇたちの正体は知ってるんだ」

思わず、小春は身を固くする。ここで、ねずみ小僧である事実をばらされてしまっては、大変なことになる。

そう思ったときだった。

「てめぇが女ねずみ小僧だ。死にやがれ」

卯之助はそういって、突っこんできたのである。

冬馬は咄嗟に、卯之助と小春の間に身体を入れ、

「なんてことという、あたへんめ」

十手を取りだし、卯之助の肩を打ち据えた。

倒れながらも卯之助は、なおも叫んだ。

「ふん、知らぬは亭主ばかりなり、だぜ。馬鹿はおまえだ。その女に訊いてみたらいい。どんな嘘でごまかすか、おれが地獄で聞いててやるぜ」

「まだ、地獄には行かせませんよ」

冬馬がとどめの一発を肩に打ちこむと、卯之助は昏倒した。

そして振り返りざま、

「小春さん、いまの話は……」

なんです、といおうとして、ふとなにかに気づいた。

「ねずみ小僧」

すっかりと観念していた小春であったが、冬馬の目は、はるか遠くに離れている。どうしたのだろう、と冬馬の目の先を見ると、

「あれは……」

黒装束に白色一本線の盗人かぶり。まさに、ねずみ小僧その人だ。

その正体は、夏絵であろう。

これで、小春がねずみ小僧ではないと、冬馬は疑いを解くに違いない。

だが、冬馬が追いかけようとしたとき、ねずみ小僧の横から、誰かが飛び出てきたのである。

「あれは誰だ」

その男は、股引きを穿いて尻端折り。見るからに職人風だった。

冬馬たちは知らなかったが、その顔を卯之助が見たら、すぐに気がついたことだろう。以前、卯之助に近づいてきた殺し屋だったのである。

殺し屋は、なんとねずみ小僧を狙っていた。ねずみ小僧の命を奪おうとしていた輩は、卯之助ひとりだけではなかったようだ。

ねずみ小僧と殺し屋の間には、まだ若干の距離があったが、このままではすぐに襲われてしまうだろう。

そのとき若さまが、これを喰らえ、と懐から小判を飛ばした。

しかし、ほとんど茶屋の老婆に渡してしまったためか、二枚しか飛んでいかない。

これでは、小判を餌にして逃げることはできない、とみなが思ったのだが、

「わお。さすが、ねずみ小僧ですねぇ」

峰吉が、笑い飛ばしている。

ねずみ小僧の夏絵が、大量の小判を投げて叫んでいるのだ。

「さぁ、小判だ。みなそれを拾って、その男の邪魔をしてくれ」

声を聞きつけ、周囲からわらわらと人が集まってくる。実際に小判を目にして、大急ぎで駆け寄ってくる者もいた。

「また、あんなことをやってます。あのねずみ小僧も、あたへんですね」

なかば呆れながらも、冬馬もねずみ小僧めがけてぶっ飛んでいく。

まとわりつく人たちを払いのけつつ、それでも殺し屋は夏絵を追いこんだ。

そのとき、峰吉が石礫を投げた。

続いて、若さまが差していた脇差を抜き放ち、えい、と殺し屋めがけて投げたのである。

石礫はかわした殺し屋であったが、そのあとの脇差は空を切って殺し屋の肩に突き刺さった。

驚いた殺し屋が、峰吉を睨みつける。その目は、とんでもないものを見たような驚愕の色を見せていた。

峰吉が殺し屋に向かって駆けだした。

その隙を見逃さず、すでに近づいていた冬馬の十手が、殺し屋に向けて振りおろされた。

ぐう、といって殺し屋は倒れる。

すかさず峰吉がそばまで行って抱き起こそうとしたが、

「……死んでます」

なんと殺し屋は、舌を噛んでいたのである。

追いついた小春が驚き声をあげていると、峰吉がつぶやいた。

「おそらく、雇い主の名を吐きたくなかったのでしょう……」


捕らえられた卯之助は、厳しい吟味を受けたものの、結局、なにひとつ白状しなかった。

一連の流れを知って、なにか身の危険を感じたのかもしれない。そのまま卯之助は、お白洲で裁かれた。

どうやら自分が何者かに利用されたと知って、なにかしゃべると自分も命を狙われるかもしれない、と思ったのだろう。

事件の全貌や黒幕につながる手がかりはわからなかったものの、幸いにして小春や夏絵がねずみ小僧だという話は、つゆほども出てこなかった。

ある日のこと、出仕している冬馬の留守中に、ふらりと若さまが訪ねてきた。

いろいろと気になっていた小春は、事件のことを聞いてみる。

「……あの殺し屋は、最初から母を狙っていたのですね」

「やつは、卯之助兄弟のことを知っていて、うまく利用したのかもしれねぇ。そうなると、殺し屋とその雇い主には、卯之助の一件とは別に、ねずみ小僧を狙う理由があるのかもしれねぇなぁ」

若さまがいうと、小春は、そういえば不思議なことがひとつあった、と顔を傾げる。

「母に聞いたら、冬馬さんには投げ文などしていない、というのです」

「では、その投げ文は誰が……」

腕を組みつつ、若さまは考えこんだ。

殺し屋を雇ったのは何者なのか……夏絵や小春が生きている以上、またもや命を狙ってくるかもしれない。

小春は、胸騒ぎが止まらなかった。

その訪問を機に、例によって若さまは、若旦那のなかから消えてしまった。

ようやく若旦那に戻ってくれました、と翌日に現れた千右衛門が、嬉しそうにいったのだ。

これでまた、ねずみ小僧の正体を忘れてくれる……と安堵する一方で、事情を知りつつ頼りにもなった若さまが消えてしまったことに、一抹の寂しさを感じる小春であった。

そのころ、夏絵は、峰吉を呼びだしていた。

夏絵は若旦那の店をすでに知っているため、峰吉につなぎをとることも容易だった。

神田明神から少し湯島寄りにある、小さな稲荷神社の境内である。

現れた峰吉は、如才(じょさい)ない笑顔を浮かべた。

「お元気そうで、なによりです。私になにかご用でしょうか」

「あんた……正体は誰なんだ」

静かではあるが、夏絵が唐突に訊いた。

境内の松の木から聞こえる鳥の鳴き声と、峰吉の答えが重なる。

「はて、どういうことでしょう」

「私が命を狙われたとき、あんたは私を助けてくれた。その腕は、並大抵ではないよ」

石礫を目眩しにして、若さまの脇差を殺し屋に向けて投げつけた一件についての話である。

「それと、もうひとつ。あの殺し屋は、あんたを見て驚いていた」

「そうですかねぇ」

「まだあるよ」

「……なんでしょう」

「あの殺し屋は、自分で舌を噛んだんじゃないね」

「…………」

「あんたが、抱き起こすふりをして、力づくでやったんだ」

「なにをおっしゃるかと思えば」

「小春や、あのうすのろの目は騙せても、私の目は騙せないよ。あんたは何者なんだい……隠密同心や目付には見えないけどね」

すると、峰吉の全身がすっと伸びた。

「二代目、さすがでございます」

「そうか、あんたも殺し屋なのか……仲間のおまえが敵側にいるから、やつは驚いたんだね」

「あのまま生かしておいたら、二代目、三代目にご迷惑かと思いまして。それとご安心ください。あの殺し屋の後釜には、私がなりました」

「なんだって」

　夏絵は身構えた。

「おっと、勘違いしねぇでください。仕事を請け負ったのは、ほかの野郎たちに手を出させないためです。若旦那のお仲間の命を奪うような真似は、絶対にいたしません」

「……その目は本当らしいね」

「へぇ」

「だけど、いつまでも生かしておくと、雇い主が怒るんじゃないのかい」

「そのときがくれば、また考えます……いや、みなさんを殺さずに、という意味ですが」

「……みなさん、だって」

「おっと、口が滑りましたねぇ」

「みんなとは、私と小春だけではないのか。あのぶっとび婿どのも……」

「本当にご心配なく。あっしが、つねに目を光らせておきますから。今後は危険に巻きこまれねぇようにしておきます。あっしには、それくらいの力がありますすからね」

それだけいうと、峰吉は頭をさげて境内から消えていった。

これで、さしあたっての危険は消えたのだろうが、殺し屋を雇ったのは誰かという謎はまだ残っている。

それでも夏絵は、当分、命は峰吉にあずけておいても大丈夫だろう、とつぶやいた。それだけ、峰吉は信用できるように思えた。

その足で組屋敷に行くと、小春が待っていた。

聞きたいことが山ほどある、というのである。

「あぁあぁ、しょうがないねぇ。すべてあんたが想像したとおりだよ」

「では、若旦那がどこの誰か、教えてもらいましょう」

「知っていても、知らないね」

「もうひとつ、あのとき、ばら撒いた小判はなんです」

「あれねぇ……もったいなかったねぇ……」

「あんな大金は、そうそう手にできません。でも、若旦那の家なら、問題なく手に入ります」

「へぇ、そうかねぇ」

「若旦那の正体を知っているということは、両親についても知っていますね。つまりは、口止め料でも、もらってきたということですか」

「ははは、まぁ、いまのところ、殺し屋の心配はなくなって天下泰平だよ」

「でも、まだ雇い主が誰かわかりません。危険は続いています」

「なに、それも解決したんだ。だからいったろ、天下泰平だってね」

わははは、と夏絵の笑い声は、八丁堀を席巻（せっけん）するほどだった。

そこに、冬馬の話し声が聞こえてきた。

相手は、組屋敷の誰かのようだった。

それを潮に、夏絵は、帰るよ、といって立ちあがった。

外に出ると、冬馬が立っている。

「おや、夏絵さん、ごきげんよう。ひとつ教えてください。狂言の誘拐をでっちあげたのは、なぜですか」

「だからいったろう。身を守るためと、あんたたち町方を本気にさせるためさ」

「ううん……それだけじゃ納得できないですね。そのために、あんな面倒なことをするような夏絵さんじゃないですよ」

冬馬の追及はやまない。空気を読まない婿の態度に、夏絵は深いため息をついた。

「だったら教えてやるよ。あんた、知らないのかい。いま巷では、狂言が流行っているのさ」

「まさか」

「信じるか信じないかは、あんた次第だけどねぇ」

冬馬が狐につままれたような顔で立ち尽くしていると、玄関から小春が出てきた。

小春は、冬馬の気分を変えるように、やわらかな笑みを見せて、

「旦那さま……とにかく、事件は解決しましたから、よしとしましょう」

「はい、では、お祝いでもしましょうか」

「そうですね」

「まずは……」

手と唇を伸ばしてくる冬馬を、小春は手で制して、

「だめです」

「誰も見ていません」

「明るすぎます」

「木陰に行きましょう」

「まだ昼です」

なんだい、このふたりは、と夏絵の呆れ声を掻き消すほど、ふたりのやりとりは、秋空を桃色に染めていた。

コスミック・時代文庫

ぶっとび同心(どうしん)と大怪盗(だいかいとう)
奥方はねずみ小僧

2023年8月25日　初版発行

【著者】
聖龍人(ひじりりゅうと)

【発行者】
佐藤広野

【発行】
株式会社コスミック出版
〒154-0002 東京都世田谷区下馬6-15-4
代表　TEL.03(5432)7081
営業　TEL.03(5432)7084
　　　FAX.03(5432)7088
編集　TEL.03(5432)7086
　　　FAX.03(5432)7090

【ホームページ】
https://www.cosmicpub.com/

【振替口座】
00110-8-611382

【印刷／製本】
中央精版印刷株式会社

ISBN978-4-7747-6494-8 C0193